從單字到短句，天天記錄生活，跨出英文寫作第一步！

每天**3**分鐘，寫手帳
練出好英文

神林莎莉——著

林以庭——譯

\英語で手帳を書こう/

Let's enjoy writing!
活用手帳，讓英文更好玩！

大家好，我相信大家都是抱持著「喜歡英文」、「想學英文」的心情拿起這本書的。大家認為學習英文最重要的祕訣是什麼呢？那就是——

1. 開始　2. 持續　就只有這兩件事。

關鍵在於要 每天使用英文。老是想著「我好想說出一口流利的英文喔！」是不行的。覺得自己「明明就稍微努力過了，卻完全沒有進步！」的人，會不會覺得每天都要學習英文是件困難的事呢？

無論是出國旅遊、工作、還是上網，雖然使用英文溝通的機會變多了，還是有很多人下意識地認為英文只是「學校的一門科目」而已。

首先，先拋棄「英文＝讀書」的想法吧！

為此必須下一點功夫，就像早上起床要刷牙一樣，必須先養成在日常生活中使用英文的習慣。這時候的最佳選擇就是「手帳」。

記錄行程、備忘錄、寫日記等等，手帳是每天都會用到的。最大的優點是，手帳不是要給其他人看的東西，所以可以 不用顧慮那麼多，只要自己懂就好。

☐ 預定　☐ 待辦事項　☐ 購物清單
☐ 靈感　☐ 目標　☐ 記錄興趣
☐ 座右銘　……etc.

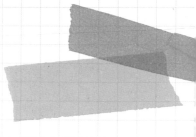

內容是什麼都無所謂，只要將 平時寫在手帳裡的內容 轉換成簡單的英文，不需要太過謹慎，偶有一些小錯誤也沒關係。先從單字開始，每天不斷持續才是最重要的。

我作為一名英文教師，課堂上主要是針對個人的口說能力進行指導，但也希望學員在家中能實踐「寫作能力＝書寫」。想要提升英文實力，不只是口說能力，寫作能力也是不可或缺的。

英文不是用腦袋來記住的，而是靠習慣磨練出來的！藉由 反覆書寫，讓身體將英文牢牢地記下來吧。

跟著本書所介紹的步驟開始用英文寫手帳的話，漸漸地，想表達的內容就會迅速以英文浮現在腦海中。畢竟，日常生活中越常用到的單字，寫的次數就越多，對吧？寫的當下最好還可以發出聲音唸出來。

養成這樣的習慣以後，未來在使用英文對話的時候，肯定也會為 自己大幅提升的英文能力 感到驚訝的。

想要持續地學習英文的祕訣在於 享受其中，本書將介紹許多「實用英文」。想像自己生活在國外，開開心心地將日常生活用英文呈現出來。那麼，就從今天開始吧！

神林莎莉

Sally Kanbayashi

CONTENTS

I'll never do it again... ～
Well done! ♣
Thank you to everyone♥
Need confirmation

每天寫手帳就能學好英語的祕訣

莎莉式

step 1

首先，簡單地

只用**單字**寫下預定行程

「只用單字」輕鬆記下預定行程或安排吧。突然要用英文寫手帳，一開始都會有些受挫，也會覺得天天寫很麻煩。先試著用單字寫寫看，擺脫對英文感到頭痛的想法吧！

> Part 1 **GO!**
> 依主題分類的單字集
> ➡ **P.22**

4
7:30pm
English lesson
A c B
11

step 2

例句轉換成文章

用簡單的**1句話**寫下預定行程或備忘錄

習慣了用單字表達以後，再用簡單的一句英文句子列下待辦清單。不要想得太複雜，照抄本書例句、改掉受詞就可以了。這麼一來就能夠自然地記住生活常用英文。

> Part 1 **GO!**
> 寫預定行程時用得到的三種簡易表現
> ➡ **P.20**

> Part 1 **GO!**
> 待辦清單例句
> ➡ **P.21**

@ go to karaoke in Shibuya
:00 ~ 8:00pm

將自己生活中常用的單字一次一次地寫在手帳上，「能夠活用的英文」就會自然而然增加了。

總之，先「動筆寫下來」
是很重要的！不用想著必須
寫得很正確，大膽地用英文寫下
每天的預定行程或想法吧。

step 3

> 邊玩邊
> 持續！

補上一句心裡的話

補充日常生活裡的一些小感想，會讓寫手帳越來越好玩，表現情感的句子在英語會話中也是派得上用場的。本書將介紹一般會話中也用得到的「片語」，在推特上也可以用喔。

| Part 2 情感表現 ➡ **P.98** | GO! |

| Part 3 簡易單行日記 ➡ **P.110** | GO! |

♥ I met a guy!
Cool!!

step 4

> 喜歡
> 成習慣

寫下目標或夢想 並加以實現吧！

試著用英文寫下鼓勵自己的一番話、生活或工作上的目標等等，心生雀躍的同時，更能強烈地意識到自己所寫的內容，讓實現目標的動力大幅提升！打造一本能夠實現夢想的英文手帳吧。

| Part 4 提升動力 & 目標 清單 ➡ **P.128** | GO! |

• my goal
• private
• get
  "Mr.Right"

讓英文實力再提升

將寫下的英文唸出聲音來！

寫→說→用耳朵聽。這是我最推薦的莎莉式英文學習法。尤其是目標或夢想，反覆地唸給自己聽吧。如此一來，字句就會深深地烙印在腦海裡。

用單字將預定行程寫下來

monthly schedule

不管是學習或是看電影，直白地把行程寫下來，也能有種成為雙母語者的感覺。習慣使用小格子月計畫本的人也 OK！

只寫時間＋事件。表示時間的 am 與 pm 如果用顏色區分的話會更明顯。

期待的預定行程可以用色筆和插圖做裝飾。寫得開心是持續書寫的祕訣之一！

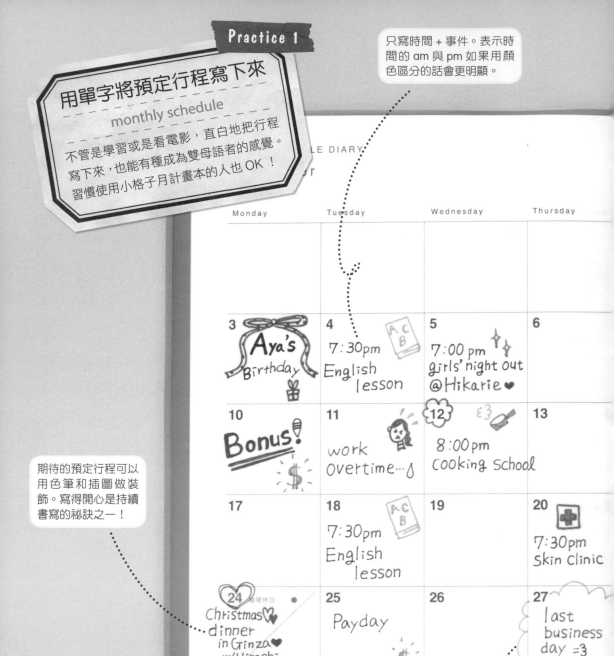

Monday	Tuesday	Wednesday	Thursday
3 Aya's Birthday	4 7:30pm English lesson	5 7:00 pm girls' night out @Hikarie ♥	6
10 Bonus! $	11 work overtime…	12 8:00 pm cooking school	13
17	18 7:30pm English lesson	19	20 7:30pm Skin Clinic
24 Christmas dinner in Ginza w/Hiroshi 8:00pm	25 Payday $	26	27 last business day =3
31			

last business day 就是「一年工作的最後一天」。把重要的事件圈起來，單字也會記得比較快。

mixer 指的是「聯誼」。不想被人知道的行程改用英文寫下來，看起來就像是行話一樣！

可以使用 @=at、w/=with 這一類縮寫，並簡單加上地點或見面的人名。

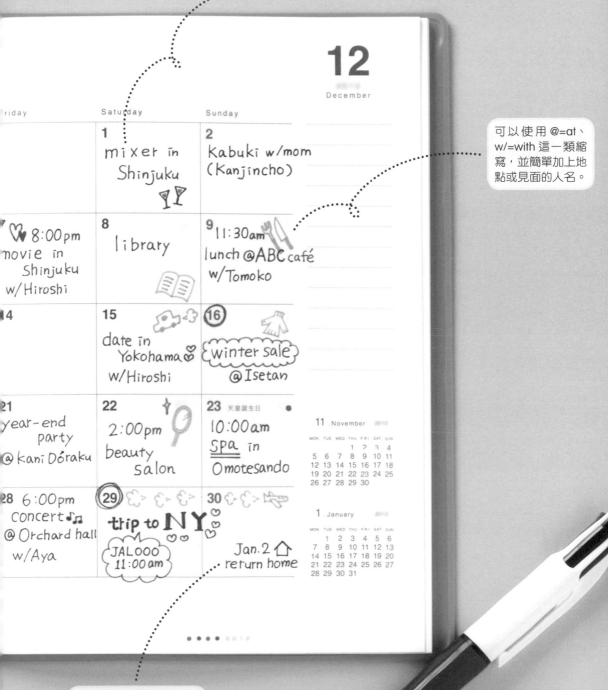

旅行或出差這種會跨日或跨月的行程要標記回程的日期。

預定行程的寫法、單字的中譯可以參考下一頁 ▶ ▶

用單字寫下預定行程時的重點

POINT 1

直白地寫下事情的單字

如果預定行程是去圖書館的話,只要寫下 library(圖書館)就可以了。依據單字不同,原本應該需要加上「a」或「the」這種冠詞,但這個時候不需要在意細節,只要簡單地寫下單字即可。

8
library

POINT 2

時間也寫得像個母語者

在寫時間的時候,英文通常不使用 24 小時標記方式。晚上 7 點 30 分的話,寫的是「7:30 pm」而不是 19:30,若是早上就會在後面加上 am。

4
7:30pm
English lesson

POINT 3

場所用 @ 來連接

店名或設施名稱這種特定場所可以在前面補上 at 的縮寫 @。不過,如果是街道或地區的話,例如「in Shibuya(在澀谷)」,則使用 in 來連接。

7:00 pm
girls' night out
@Hikarie ♥

POINT 4

人名用 w/ 來連接

和某個人見面或一起進行某項行程的時候,可以在對象的名字前面寫上 with 的縮寫 w/,將「事情」+「地點」+「人」連接在一起。

11:30am
lunch @ABC café
w/Tomoko

POINT 5

區分大寫、小寫

基本上，人名、地名或名稱這些專有名詞的第一個字要用大寫，除此之外都使用小寫。但也不用想得太複雜，想要強調的部分也可以自由運用大寫文字來呈現。

POINT 6

日期用縮寫標示

包括旅行的回程日期、截止日期、日記等等，在寫日期的時候，用縮寫標示就會很簡單明瞭。1月2日就是「Jan. 2」，用月份的縮寫＋日期（數字）就可以了。縮寫的時候要在後面加上一點。

月份的縮寫

1月	January → Jan.
2月	February → Feb.
3月	March → Mar.
4月	April → Apr.
5月	May →不變
6月	June →不變
7月	July →不變
8月	August → Aug.
9月	September → Sep.
10月	October → Oct.
11月	November → Nov.
12月	December → Dec.

星期的縮寫

星期一	Monday → Mon.
星期二	Tuesday → Tue.
星期三	Wednesday→ Wed.
星期四	Thursday → Thu.
星期五	Friday → Fri.
星期六	Saturday → Sat.
星期日	Sunday → Sun.

手帳
P.8 ～ P.9

✓ word check

- ☐ mixer　聯誼
- ☐ mom　母親（媽媽）的縮寫
- ☐ girls' night out　女孩聚會
- ☐ bonus　獎金
- ☐ work overtime　加班
- ☐ date　約會
- ☐ skin clinic　皮膚科診所
- ☐ beauty salon　美容院
- ☐ payday　發薪日
- ☐ year-end party　跨年派對

只用基本的 go to ～
也能寫出各種行程！

用一句話寫下來

weekly schedule

用簡單的句子（片語）寫下預定行程吧。適合用在書寫欄較寬的週計畫本上。

Cloudy

⦿ go to Karaoke
    in Shibuya

先負

TUESDAY ㉒
snowy

3:00 ~ 8:00pm
part-time job

Sore throat

仏滅

WEDNESDAY 23
clear

Seminar!

✡ go to the library

大安

建議寫下天氣或身體狀況，同樣可以提升英文能力。圖畫風格的日記也滿有趣的喔。

THURSDAY 24
windy

✡ meet Prof. Suzuki @the classroom Ⓐ

✡ Submit my report by **3:00**pm

赤口

FRIDAY 25
rainy

⦿ 6:00pm drinking party
    in Shibuya

先勝

SATURDAY ㉖
sleety

11:00am ~ 5:00pm
part-time job

hangover

友引

SUNDAY 27
Sunny

1:00pm

mom's visit ♥ w/aunt

先負

1	M	T	W	T	F	S	S
			1	2	3	4	5	6
	7	8	9	10	11	12	13
	14	15	16	17	18	19	20
	21	22	23	24	25	26	27
	28	29	30	31			

2	M	T	W	T	F	S	S
					1	2	3
	4	5	6	7	8	9	10
	11	12	13	14	15	16	17
	18	19	20	21	22	23	24
	25	26	27	28			

記住「下午 3 點前」這種方便的時間表現方式。➡ P.96

用句子寫下預定行程時的重點

POINT 1

省略主語，縮短句子

預定行程的主語大多是「I」（自己），所以母語者在書寫的時候，通常都會省略主語，直接從動詞類的述語開始，時態用現在式就可以，並在開頭使用小寫文字。

Seminar!
☆go to the library
☆meet Prof. Suzuki @ t
☆submit my report

POINT 2

活用簡易的表現

go to〜=「去〜」、meet〜=「見〜」，只要記住這幾個預定行程常用的句型就能夠徹底活用。首先，習慣寫這些句子才是最重要的。

預定行程用得到的三個簡易表現
➜ 前往 **P.20**！

POINT 3

記錄天氣和身體狀況

除了預定行程之外，建議大家也可以記錄每天的天氣或身體狀況。寫得自己看得懂就好，省略主詞和動詞都沒關係。來學一些天氣或身體狀況的英文表現方式吧。

天氣的單字 ➜ 前往 **P.22**！
身體狀況的單字 ➜ 前往 **P.24**！

TUESDAY
snowy

sore throat

✓ word check

☐ part-time job　打工	☐ drinking party　酒聚
☐ sore throat　喉嚨痛	☐ hangover　宿醉
☐ seminar　（大學的）講座、研討會	☐ windy　多風
☐ Prof.　教授（professor 的縮寫）	☐ sleety　雨雪紛飛
☐ submit my report　繳交報告	

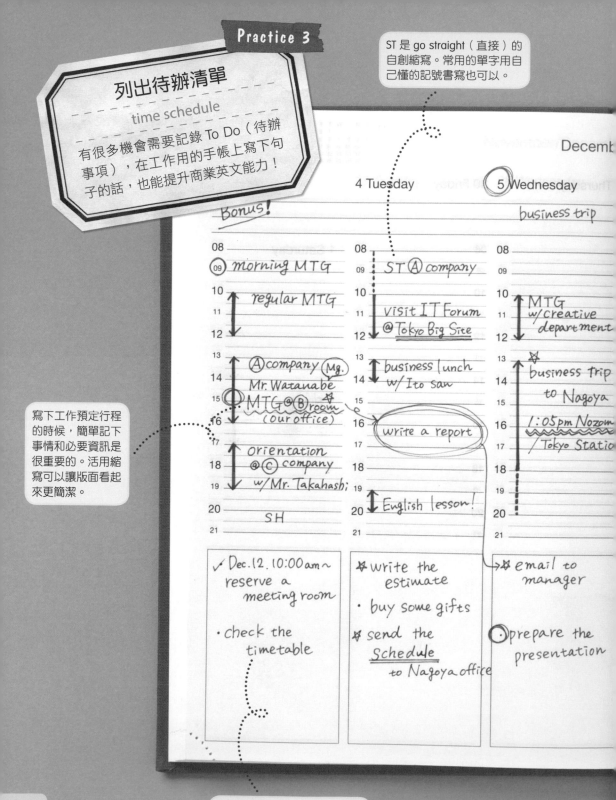

寫下工作預定行程時的重點

POINT 1

✓ Dec.12, 10:00am~
reserve a meeting room
· check the time table

條列式記下 To Do（待辦事項）

當天要完成的 To Do 要省略主語，縮減成一句話。除了工作之外，還有待買物品、做家事等等，都可以參考例句，大膽用英文寫出來。

待辦清單例句 ➔ 前往 **P.21**！

POINT 2

MTG w/ creative department

運用縮寫讓版面更簡潔

有的工作用語或名稱即使只是單字也很冗長。除了 @ 和 w/（▶P.10）以外，也可以使用 meeting（會議）=MTG、go straight home（直接下班）=SH，這種縮寫可以讓手帳版面看起來更簡潔明瞭。

活用縮寫 ➔ 前往 **P.81**！

SH

POINT 3

省略敬稱或職稱也 OK

英文母語者即使面對上司，也習慣直接稱呼對方的名字。雖說可以省略敬稱或職稱，但如果要加的話，可以加上 Mr. 或 manager（主任）=Mg. 等縮寫。

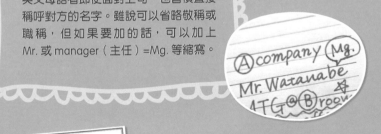

✓ word check

☐ regular MTG　例行會議	☐ write the estimate　寫估價單
☐ reserve a meeting room　預約會議室	☐ creative department　創意部門
☐ check the timetable　確認時間表	☐ business trip　出差

莎莉流 · 手帳好好玩

**用單字簡單記下來，
讓預定行程一目瞭然！**

我的手帳裡幾乎只有單字！我喜歡用直式
時間軸手帳，可以寫下每天早上 6 點到
晚上 11 點的行程。忙碌時間和空閒時間
一目瞭然，非常方便。

重點特色

● 私人行程以不同顏色書寫。
● 期待的活動或休假寫在日期
　的附近。
● 將行程的細節圈起來，待辦
　事項列在格子外。貼一些貼
　紙也能提升樂趣。

莎莉的手帳
大公開！

Part 1

用一句話寫下預定行程、要事！
立刻找到不同主題的
單字集 & 待辦事項
例句集

本章是按照目的或類型整理而成的單字集，介紹
在手帳上書寫預定行程時派得上用場的單字，也
會同時介紹各種主題的待辦清單可以使用的簡單
例句。有了單字集和例句集，就能輕鬆寫出日常
生活裡大大小小的預定行程或安排了。

首先，在行程表上用單字寫下預定行程

寫在手帳上的事情「自己」懂就好，所以不論是預定行程或安排，只要列出單字就夠了。一起來學會最簡單的寫法吧。

> 首先，時間和事情只要直白地用單字寫下就可以了。

10 日下午 2 點
預約了美容院 →

10
2:00 pm
beauty salon

> 再補上地點或會見面的人名。

---

12 日早上 11 點 30 分和 Tomoko 在 ABC 咖啡廳吃午餐

↓

12
11:30am
lunch
at ABC café
with Tomoko

---

20 日晚上 8 點和 Hiroshi 在澀谷看電影

↓

20
8:00pm
movie
in Shibuya
with Hiroshi

---

25 日早上 9 點和伊藤先生去名古屋出差

↓

25
9:00am
business trip
to Nagoya
with Mr. Ito

最簡單的預定行程寫法

時間 ＋ 事情 ＋ at / in / to 地點 ＋ with 人

時間　在英文裡，比起 24 小時標示法，更習慣使用 12 小時標示法，並在數字的後面加上上午 am 或下午 pm。下午 2 點的話，只要寫 2 pm 就可以。

可以用在預定行程上的時間表現方式 ➡ P.96

事情　只要寫下要做的事情的單字就可以了，可以從單字集（P.22 ～）的分類中去找。另外，在寫自己的手帳時，省略掉冠詞「a(an)」、「the」也沒關係。本書單字集的簡易列表就省略了冠詞。

地點　記住這三個在寫預定行程的時候，可以用來表示地方的介系詞吧。

★在～（做某件事）
- at ☐ → 店名、車站名、設施名稱、企業名稱等等，指特定的場所。
- In ☐ → 東京、澀谷等等，泛指地區或地名。

★前往～
- to ☐ → 表示旅行或出差的目的地。

人　表示見面的對象、同行者、人名或團體名等等，用介系詞 with 來連接就可以。

★和～（一起做某件事）→ with 名字

用縮寫表示 at 或 with 就能讓版面更簡潔喔。

at = @　　with = w/　　meeting = MTG

9 日早上 10 點和伊藤先生在 A 公司商談

→

9
10:00am
MTG
@A company
w/ Mr. Ito

活用縮寫 ➡ 前往 P.81！

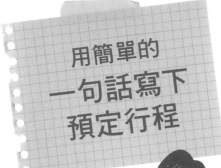

用簡單的一句話寫下預定行程

習慣了寫單字以後，試著用簡單的句子（片語）寫下預定行程或安排吧。在寫手帳或備忘錄的時候，請省略「主詞」，並用「現在式」的時態。

一起把寫預定行程時用得到的三種簡易表現記下來吧。

前往～　go to 地點

| 去澀谷唱歌 | → | go to karaoke in Shibuya |

| 和 Tomoko 去 ABC 咖啡廳 | → | go to ABC café w/ Tomoko |

check go to 的後面要接地點、設施或集會。但如果「做某件事」的名詞要接在 go 後面，譬如購物 go shopping ／去露營 go camping ／去約會 go on a date 等等，是不適用於 go to ～句型的，要特別注意。

和～見面　meet 人

| 和 Tomoko 在澀谷車站見面 | → | meet Tomoko @Shibuya station |

check meet 用在約好時間或地點和某個人見面，或是第一次見某個人的時候。和朋友或熟人見面的時候，用 see 會比較自然。寫手帳以外的時候，都用 see ～來表現吧。

～來訪　人 visits

| 伊藤先生來拜訪 | → | Mr. Ito visits |

* 寫成 Mr. Ito's visit （伊藤先生來訪）也可以

check 本來 visit 後面必須要接 me / my home / my office 等受詞，但如果被拜訪的對象是自己的話，省略受詞也沒有關係。○○'s visit（○○來訪）這種簡易的名詞化在手帳裡也是常有的表現之一。

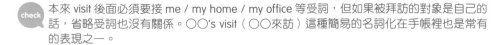

怕忘記的事情 列成待辦 事項清單

手帳或備忘錄裡時常寫到的「待辦事項」，試著用一句話來寫看看吧。從 P.22 開始的單字集裡，也會介紹各個主題的待辦事項例句。待辦事項和預定行程一樣，要省略「主詞」，並用「現在式」的時態。

只要改變一下例句裡標示起來的受詞，就能寫出各式各樣的 To Do 待辦事項囉。

預約下午 5 點的美髮師	*make an appointment with my hairdresser for 5:00 pm*

↓

預約下午 3 點的牙醫	*make an appointment with my dentist for 3:00 pm*

打掃房間	*clean the room*

↓

打掃浴室／廁所	*clean the bathroom / toilet*

check 記住待辦清單常用的動詞是最有效的方式。要注意 ☐ 裡的受詞一定要是名詞。要記下期限的時候將 by 日期／時間 擺在最後。

時間的表現 ➡ P.96 !

寄電子郵件給～先生／小姐	email 人
買～	buy ☐ ➜ 購物的單字集 ➡ P.70 !
將～寄送給～先生／小姐	send 人 + ☐
準備～	prepare ☐
參加～	attend ☐
向～提出～	submit ☐ + to 地點／人

天氣
weather

晴天	sunny／clear
晴朗	very fine
陰天	cloudy
微陰	slightly cloudy
雨天	rainy
小雨	light rain
毛毛雨	drizzle
陣雨	shower
大雨	heavy rain
雷雨	thunder & rain
暴風雨	stormy
豪雨	sudden downpour
太陽雨	sun shower
雷	thunder
強風	windy
颱風	typhoon
龍捲風	tornado
雪	snowy
雨夾雪	sleety
暴風雪	blizzard
大雪	heavy snow
霧	foggy

夏天的午後
雷陣雨用 shower
就可以！

冰雹	hail
春一番 * 編按：立春到春分期間吹起的第一道溫 　　　暖南風。	first spring wind
梅雨季開始（結束）	start (end) of the rainy season
酷暑	fierce heat
寒流	cold wave
初雪	first snow of the season
彩虹	rainbow
氣溫（℃）	temperature
溼度（％）	humidity
降雨機率（％）	rainfall probability
乾燥注意警報	dry air warning
花粉預報（強／弱）	pollen forecast (heavy ／ light)
地震（規模）	earthquake (magnitude)
溫暖	warm
炎熱	hot
悶熱	muggy
涼爽	cool
寒冷	cold

cool 指的是
10℃左右，cold
是 0℃左右。

「偶爾」和「之後」要怎麼表現呢？

以天氣預報常用的表現方式來說，「偶爾」是 occasionally，「之後」則是
turning ～ later。

例如：晴時多雲　clear, occasionally cloudy

　　　陰轉晴　cloudy, turning clear later (in the day)

身體狀況
health condition

好／有精神	feel good ／ energetic
不好／難受	feel bad ／ awful
發燒（微燒／高燒）	fever (slight fever ／ high fever)
疲勞	weary
疲累	tired
虛弱、站不穩	feel weak
頭暈、暈眩	feel dizzy
浮腫	swelling
睡眠不足	lack of sleep
經痛	cramps
食慾不振	no appetite
吃太撐	overeating
喝太多／宿醉	drinking too much ／ hangover
想吐	nausea
噁心	feel sick
胃痛	stomachache
腹瀉／便祕	diarrhea ／ constipation
頭痛／偏頭痛	headache ／ migraine
腰痛	backache
肌肉痠痛	muscular pain
閃到腰	acute lower-back pain
落枕	sprained neck

臉部浮腫是 My face is swollen.，腿部浮腫是 My legs are swollen. 喔。

腿部肌肉痠痛的口語表達方式是 have a charley horse.。

24

身體循環差	poor circulation
感冒／流感	cold ／ flu (influenza)
肩膀僵硬	stiff shoulder
貧血	anemia
喉嚨痛	sore throat
咳嗽／打噴嚏	cough ／ sneeze
流鼻水／鼻塞	runny nose ／ stuffy nose
鼻子癢	itchy nose
花粉症	hay fever
過敏	allergy
眼睛充血	red eye
眼睛乾澀	dry eye
眼睛疲勞	eyestrain
溼疹／蕁麻疹	eczema (red spots) ／ rash
面皰／痘痘	rash ／ pimple
燒燙傷	burn
牙齒痛／蛀牙	toothache ／ cavity
牙齒敏感	teeth hyperesthesia
牙齦腫痛	swollen gum
口內炎	stomatitis
雞眼	foot corn
香港腳	athlete's foot

得了感冒的片語是 have a cold 喔。

症狀嚴重的時候，可以在單字的前面加上 terrible，症狀輕微的時候則加上 mild！

國定假日、
節慶活動
holidays,
seasonal events

編按：因日本與台灣文化之差異，此主題以台灣之國定假日、常見節慶活動為準。

國定假日

元旦（1/1）	**New Year's Day**
除夕	**Lunar New Year Eve**
春節	**Lunar New Year**
和平紀念日（2/28）	**Peace Memorial Day**
兒童節（4/4）	**Children's Day**
清明節（4/5）	**Tomb Sweeping Day**
勞動節（5/1）	**Labor Thanksgiving Day**
端午節（農曆 5/5）	**Dragon Boat Festival**
中秋節（農曆 8/15）	**Mid-Autumn Festival**
國慶日（10/10）	**National Day**
補假	**substitute holiday**

節慶活動

元宵節（農曆 1/15）	**Lantern Festival**
情人節（2/14）	**St. Valentine's Day**
白色情人節（3/14）	**White Day**
母親節（五月第二個星期日）	**Mother's Day**
父親節（8/8）	**Father's Day**
七夕（農曆 7/7）	**Chinese Valentine's Day** * 編按：日本的七夕英文是 Star Festival。
中元節（農曆 7/15）	**Ghost Festival**
教師節（9/28）	**Teacher's Day**
萬聖節（10/31）	**Halloween**
平安夜（12/24）	**Christmas Eve**
聖誕節（12/25）	**Christmas**
跨年夜（12/31）	**New Year's Eve**
春假	**Spring vacation**
暑假	**Summer vacation**
寒假	**Winter vacation**
返鄉	**homecoming**

Christmas 的縮寫
是 Xmas 喔。

紀念日、婚喪喜慶 anniversary, ceremony

生日	birthday
紀念日	anniversary
結婚紀念日	wedding anniversary
創立紀念日	foundation day
婚禮	wedding ceremony
訂婚	engagement
聘禮	engagement gifts
金（銀）婚	golden (silver) wedding anniversary
葬禮（告別式）／守夜	funeral ／ wake
法事／四十九日	memorial service ／ the forty-ninth day
對年 * 編按：死者往生後滿一週年，民間俗稱「對年」。	first anniversary of 人 's death
忌日	anniversary of 人 's death
六十大壽	人 's 60th birthday
入學典禮	entrance ceremony
畢業典禮	graduation ceremony
開學（結業）典禮	opening (closing) ceremony
入社儀式	company entrance ceremony
成年禮	coming-of-age ceremony
發表會	recital
鋼琴發表會	piano recital
慶祝會	celebration

> 交往一個月紀念日是 dating one month anniversary。

> 祝賀生子是 celebration of a birth，祝賀新居落成是 celebration of a new house。

28

交通方式
transport

徒步	walking ／ on foot
車（汽車）	car
計程車	taxi
火車	train
地下鐵	subway
東急線／丸之內線	Tokyu line ／ Marunouchi line
新幹線（希望 00 號）	Shinkansen (Nozomi 00)
特快車／快車／區間車	super-express ／ express train ／ local train
臥鋪火車	sleeper train
單軌列車	monorail
公車	bus
高速巴士	express bus
市內公車	local bus
機場巴士	airport limousine
腳踏車	bicycle
機車	motorcycle
渡輪	ferry
飛機	plane
國內（國際）線	domestic (international) flight

> 腳踏車的口語表達方式是 bike 喔。

如何在預定行程加上交通方式呢？

「搭公車去圖書館」，像這樣要在預定行程加上交通方式的時候，可以使用表現「方法、手段」的介系詞 by。例如：go to the library by bus。但若是「徒步」，則不說 by foot，而是用 on foot。

公共設施 public facility

縣廳	prefectural office
市政府	city hall
區公所	ward office
鎮公所	town hall
稅務局	tax office
衛生所	public health center
警察局	police station
派出所	police box
消防局	fire station
銀行	bank
郵局	post office
活動中心	community center
市民中心	civic center
圖書館	library
體育館	gym
醫院	hospital
診所	clinic
監理站	DMV (Department of Motor Vehicles)

Sally's comment

hospital 和 clinic 有什麼差別呢？

日文裡不分規模，通稱為「醫院」；但英文裡有分成大規模的醫院和住家附近的小診所，並使用不同的單字。感冒、身體不適、受點小傷的時候會去的診所是 clinic，症狀嚴重的疾病或是急救的時候會去的醫院是 hospital。

護照申請中心	passport center
就業服務處	PESO (Public Employment Security Office)
婚禮會場	wedding hall
教會	church
神社／寺廟	shrine ／ temple
殯儀館	funeral hall
火葬場	crematory
墳墓	cemetery
機場（羽田機場）	airport (Haneda Airpot)
車站（東京車站）	station (Tokyo station)
公車站	bus stop
計程車招呼站	taxi stand
停車場	parking lot
腳踏車停車場	bicycle parking lot

To Do List

＊找 銀行　look for the bank
＊去 市政府　go to the city hall
＊預訂 婚禮會場　reserve a room at a wedding hall
＊繳 停車 費　pay for the parking lot
＊申請 護照　get my passport
＊更新 駕照　renew my driver's license

戀愛、結婚
love, marriage

約會	**date**
初次約會	**first date**
被告白的那一天	**He told me he likes me day**
夜景景點	**night viewing spot**
電影	**movie**
公園	**park**
卡拉 OK	**karaoke**
夜店	**nightclub**
過夜	**stay overnight**
飯店／賓館	**hotel ／ L hotel** ＊莎莉自創詞
他的房間	**his place**
相親	**marriage meeting**
婚姻仲介所	**matchmaking service**
婚活 ＊編按：婚活為結婚活動的簡稱，泛指日本以結婚為目標的各種聯誼、相親活動。	**Konkatsu**
婚活週	**Konkatsu week**
婚活月	**Konkatsu month**

> 告白是
> I tell him I like
> him. 喔。

Sally's comment

美國的婚禮和婚宴是什麼形式呢？

美國的結婚典禮一般會先在教堂舉行，接著在餐廳、自家、庭院等等舉辦婚宴（wedding banquet）。站著用餐的派對形式較多，料理偏少，畢竟吃飯不是主要目的。新郎與新娘雙方的親友在現場演奏下跳舞、聊天，讓彼此變得更友好才是最重要的。

聯誼	mixer
相親派對	matchmaking party
訂婚	engagement (get engaged)
聘禮（嫁妝）	engagement gifts
親家聚餐	lunch ／ dinner with both families
結婚典禮	wedding ceremony
婚宴	wedding reception
婚後派對	after party
蜜月旅行	honeymoon

去夏威夷度蜜月就是 honeymoon to Hawaii 喔。

To Do List

❋ 集結 聯誼 的成員　ask my friends to have a mixer
❋ 籌辦 聯誼　organize a mixer
❋ 申請 婚活派對　apply for a Konkatsu party
❋ 邀 男友 去約會　ask my boyfriend for a date
❋ 決定 見面的時間（地點）　decide when (where) to meet
❋ 確認 電影的開演時間　check the movie show times
❋ 打掃 他的房間　clean his place
❋ 寄 晚安 信給他　email him to say good night
❋ 找一間 約會的好餐廳　look for a nice restaurant for a date
❋ 買 禮物 給他　buy him a present
❋ 討論 婚禮 籌備　have a meeting for a wedding ceremony
❋ 繳交 結婚（離婚）登記申請書　file a marriage (divorce) notice

美容
beauty

美容院…salon ／ hairdressing salon

剪頭髮	haircut
染髮	color treatment
燙髮	perm
頭部按摩	scalp massage
護髮	hair treatment
和服穿戴	kimono dressing

離子燙是 straight perm。

美體沙龍…beauty salon ／ beauty-treatment clinic

臉部保養	facial treatment
婚前保養	bridal treatment
瘦身療程	slimming treatment
果酸換膚	chemical peeling
除毛療程	hair removal
繡眉	permanent makeup

美甲沙龍…nail salon

指甲保養	nail care
美甲光療	manicure
指甲美容	pedicure
指甲彩繪	nail art
光療指甲	gel nails
水晶指甲	artificial nails

美睫療程…eyelash extensions

按摩沙龍…spa

精油	**aromatherapy**
指壓	**shiatsu**
整骨	**osteopathy**
骨盤矯正	**pelvic correction**
腳底按摩	**foot massage**
區域反射療法	**reflexology**
岩盤浴	**bedrock bathing**

美容整形外科…cosmetic surgery

日曬沙龍…tanning salon

刺青…tattoo

牙齒美白…teeth whitening

To Do List

＊買 化妝水 　buy lotion ➜

> 試著將 　　　　 裡的單字換成別的！
> 化妝品的購物單字→ P.71

＊確認 臉部保養 的費用
  check a charge for the facial treatment

＊預約 5 點的 美容院（美容師）
  make an appointment with my hairdresser for 5:00pm

＊更改 美甲沙龍（美甲師）的預約時間
  change my appointment with my nail artist

餐廳的預約會使用 reserve（動詞）／reservation（名詞），但美容院或醫院比較偏向使用「與單一個人約定」的 appointment，要特別注意！英文通常不會說預約了「店家」，而是說預約了「美容師」。

＊護膚或按摩沙龍的美容師或理療師是 esthetician 或 therapist；美容整形外科醫師是 cosmetic surgeon；口腔衛生師是 dental hygienist。

嗜好、學習 interest, lesson

英文會話課程	**English lesson**
中文	**Chinese**
韓文	**Korean**
法文	**French**
義大利文	**Italian**
瑜伽（高溫瑜伽）	**yoga (hot yoga)**
皮拉提斯	**Pilates**
肚皮舞	**belly dance**
呼拉舞	**hula**
茶道	**tea ceremony**
插花	**ikebana**
書法	**calligraphy**
三味線	**shamisen**
日本箏	**koto**
料理教室	**cooking school**

Sally's comment

「社團」用英文怎麼說？

網球同好會、話劇社、英語俱樂部等等，日文中的所有社團名稱都可以用 club 來表示。比方說，「加入網球同好會」就可以說 join a tennis club。順帶一提，日文的「サークル（circle）」在英文裡是圓圈或圓形的意思，複數的 circles 才有「夥伴」或「團體」的意思。

烘焙教室	**baking and pastry school**
電腦教室	**computer class**
和服教室	**kimono lesson**
手工藝	**handicraft**
編織	**knitting**
插花	**flower arrangement**
禮儀學校	**etiquette school**
陶藝	**pottery**
油畫	**oil painting**
汽車駕訓班	**driving school**
閱讀	**reading**
電影欣賞	**seeing movies**
音樂欣賞	**listening to music**
看 DVD	**watching DVDs**
看棒球比賽	**watching a baseball game**
看足球比賽	**watching a soccer game**
看格鬥技比賽	**watching combat sports**

To Do List

✳ 去 高爾夫球場練習（揮桿）　go to practice at a driving range
✳ 到 刺繡教室 上課　attend embroidery lessons
✳ 參加 阿根廷探戈教室 的體驗課程　take a trial Argentine tango lesson
✳ 加入 健身俱樂部　become a member of a health club
✳ 尋找 長笛課程　look for flute lesson
✳ 預習（復習）英文會話課程　prepare／review my English lesson

活動 event

新年派對	New Year's party
賞（櫻）花	cherry blossom viewing
花火節	fireworks festival
盂蘭盆節	Bon festival
夏日祭典	summer festival
納涼祭	No-ryo festival
爵士音樂節	jazz festival
電影節、影展	film festival
萬聖節派對	Halloween party
聖誕節派對	Christmas party
跨年派對	year-end party
生日派對	birthday party
歡迎會	welcome party
餞別會／壯行會	farewell party
社交聚會	social gathering
慶功宴	after party
馬拉松大賽	marathon
女孩聚會	girls' night out
同學會	alumni meeting ／ reunion
校友聚會	old boys' (girls') meeting
網聚	offline gathering
酒聚	drinking party

運動
sports

棒球	**baseball**
足球	**soccer**
高爾夫球	**golf**
滑雪	**skiing**
網球	**tennis**
健行	**trekking**
登山	**mountain-climbing**
衝浪	**surfing**
慢跑（跑步）	**jogging (running)**
走路	**walking**
游泳	**swimming**
有氧運動	**aerobics**

> 英文的 marathon（馬拉松）指的是 42.195 公里的全程馬拉松喔。

To Do List

* 買 聖誕派對 的禮物　buy some presents for the Christmas party
* 邀約朋友參加 女孩聚會　ask my friends to have a girls' night out
* 預約 跨年派對 的餐廳　reserve a restaurant for the year-end party
* 報名 馬拉松大賽　enter the marathon
* 租借 滑雪板　rent a snowboard
* 把 球桿袋 寄到高爾夫球場　send a golf bag to the golf course
* 搜尋 健行 的路線　search for a trekking course
* 購買 足球比賽 的門票　get a ticket for the soccer game

旅行、休閒
travel, leisure

旅行…travel

夏威夷旅行	trip to Hawaii
溫泉	hot springs
單日溫泉之旅	day trip to a hot spring
過夜旅行	overnight trip
三天兩夜	stay two nights
週末旅行	weekend trip
國內（國外）旅行	domestic (overseas) travel
團體旅行	group tour
渡假勝地	resort
放鬆保養療法	spa

休閒…leisure

遊樂園	amusement park
電影院	movie theater
動物園	zoo

Sally's comment

在不一樣的地點看電影，用的單字也不一樣。

「see a movie」指的是在電影院裡看電影，如果是用家裡的電視看電影的話，我們會說「watch a TV movie」。如果聽到別人說「I saw a movie.」，就可以知道對方是在電影院裡看電影。除此之外，觀賞庭園是「view a garden」，若是欣賞景色，則不用「觀賞」而用「享受」，所以是「enjoy the beautiful scenery」。

水族館	**aquarium**
植物園	**botanical garden**
美術館	**art museum**
博物館	**museum**
展覽會	**exhibition**
露營	**camping**
登山	**hiking**
戶外燒烤	**BBQ**
乘船遊覽	**cruising**
唱歌	**karaoke**
潛水	**driving**
現場演唱會	**live concert**

> BBQ 也可以做為動詞，「I'm BBQing」就是我正在烤肉的意思喔。

To Do List

❋ 訂 機 票　get an airline ticket

❋ 預訂 旅遊行程　make a tour reservation

❋ 報名 夏威夷 旅行　book a tour of Hawaii

❋ 支付 旅行 費用　pay for the tour

❋ 取消 飯店 訂房　cancel the hotel

❋ 晚上 8 點在 新宿車站 集合　have to be at Shinjuku station at 8:00pm

❋ 籌辦 搗年糕大會　organize a mochi-making party

時尚 fashion

特賣	sale
夏季（冬季）特賣	summer (winter) sale
大促銷	final sale
親友折扣日	friends and family sale
清倉大特賣	clearance sale
開幕特賣	opening sale
閉店特賣	closing-down sale
一週年特賣	1st anniversary sale
服飾店	clothing store
裁縫店（男裝）	tailor
裁縫店（女裝）	dressmaker
鞋店	shoe store
服飾修改專門店	alterations tailor
鞋匠	shoe repairer
修鞋店	heel bar
飾品店	jewelry shop

Sally's comment

「luggage store」是什麼？

「包包店」直譯的話會是 luggage store，但聽到 luggage store 這個詞，英文母語者會聯想到的是販賣行李箱或旅行袋的店。在美國，手提包這類的包包會直接由品牌或廠商販賣，但也有跳蚤市場或攤販會混著賣。

購物中心	shopping mall
暢貨中心	outlet mall
品牌專賣店	designer brand store
跳蚤市場	flea market／swap meet
市集	bazaar
保留	hold
網路商店	online (net) shop
電視購物	TV shopping
郵購型錄	mail order catalog

對於英語系國家的人來說，貼耳式耳環和垂吊式耳環都通稱為「earrings」喔。

To Do List

＊線上購物　online (net) shopping

＊查看 優惠資訊 　check out what's on special offer

＊調整尺寸　do a size altering

＊調整褲長　do hemming

＊調整腰圍　do waist adjustments

＊修補破洞　do invisible mending

＊修理 手錶 　repair my watch

＊拿 衣服 去拍賣　put up my clothes for auction

＊買 鞋子 　buy shoes　➡ 試著將 □□□□ 裡的單字換成別的！
時尚相關的購物單字→ P.78

一只鞋是「shoe」，一雙鞋是「a pair of shoes」。比方說，一雙包鞋的正確說法是「a pair of pumps」，所有的鞋子都應該在前面加上 a pair of，但其實可以省略，只說「pumps」也可以。

飲食、美食 meals, cuisine

餐廳	restaurant
法式料理餐廳	French restaurant
義式料理餐廳	Italian restaurant
日式料理餐廳	Japanese restaurant
壽司店	Sushi restaurant
燒肉店	yakiniku restaurant
鐵板燒店	teppanyaki (steak house)
中式料理餐廳	Chinese restaurant
韓式料理餐廳	Korean restaurant
印度料理餐廳	Indian restaurant
西班牙料理餐廳	Spanish restaurant
墨西哥料理餐廳	Mexican restaurant
家庭餐廳	family restaurant
速食店	fast-food restaurant
咖啡廳	café
咖啡店	coffee shop
咖啡專賣店	coffee house
居酒屋、酒吧	pub
酒吧	bar
葡萄酒吧	wine bar
啤酒屋	beer hall (beer garden)
立飲居酒屋	standing bar

迴轉壽司是 revolving sushi bar 喔。

飯店餐廳	**hotel lounge**
早餐會	**breakfast meeting**
午餐會	**lunch meeting**
晚餐會	**dinner party**
吃到飽	**all-you-can-eat ／ buffet**
甜點吃到飽	**cake buffet**
無限暢飲	**all-you-can-drink**
自助餐派對	**buffet-style party**
穿著要求	**dress code**

free drink 不是喝到飽，而是飲品免費的意思！

To Do List

✳ 找一間 晚餐 餐廳　look for a restaurant for dinner

✳ 預約 餐廳　make a restaurant reservation

✳ 安排 宴會　arrange a banquet

✳ 查詢 甜點吃到飽 的時間　check the time for cake buffet

✳ 告知 午餐會 的時間　tell the time of the lunch meeting

✳ 查詢 咖啡廳 的地址　check the location of the café

✳ 確認 宴會菜單 的內容　check the party menu

菜單的單字集

一次公開菜單上的單字，去吃飯或是叫外賣的時候，只要在 [____] 裡填入單字，就可以列出食物的 To Do List 了！

To Do List

✎ 吃 [_____]　　eat [_____]

* 義大利麵　pasta
* 牛排　steak
* 咖哩　curry
* 印度咖哩　Indian curry
* 歐式咖哩　European curry
* 北京烤鴨　Peking duck
* 拉麵　ramen
* 餃子（水餃、煎餃）　gyoza
* 鱉　soft-shelled turtle
* 河豚　fugu (blow fish)
* 炸豬排　pork cutlet
* 燒肉　yakiniku
* 壽喜燒　sukiyaki
* 涮涮鍋　shabu-shabu
* 大阪燒　okonomiyaki
* 文字燒　monjya-yaki
* 烤雞串　yakitori
* 漢堡　hamburger

* 巴西燒烤　churrasco
* 起司鍋　cheese fondue
* 鐵板燒　teppanyaki
* 爐端燒　robatayaki
* 中式料理　Chinese food
* 義式料理　Italian food
* 法式料理全餐　French full-course meal
* 養生料理　macrobiotic food
* 素食料理　vegetarian food
* 懷石料理　kaiseki
* 甜食　sweets
* 百匯　parfait
* 餡蜜　anmitsu
* 心天　tokoroten
* 刨冰　shaved ice
* 霜淇淋　soft cream
* 義式冰淇淋　gelato

To Do List

✎ 叫 _____ 的外賣　　have _____ delivered

* 披薩　pizza
* 鰻魚飯　unadon (unaju)
* 拉麵　ramen
* 蕎麥麵（細麵）　soba (thin noodle)
* 烏龍麵（粗麵）　udon (thick noodle)

* 壽司　sushi
* 釜飯　kamameshi
* 豬排丼飯　katsudon

To Do List

✎ 買 _____　　buy _____

* 飯糰　rice ball
* 糕點　pastry
* 咖啡　coffee
* 餅乾　cookie
* 煎餅　rice cracker

* 三明治　sandwich
* 果汁　juice
* 巧克力　chocolate
* 洋芋片　potato chips
* 冰淇淋　ice cream

To Do List

✎ 烤 _____　　bake _____

* 生日蛋糕　birthday cake
* 餅乾　cookie

* 麵包　bread
* 瑪芬　muffin

醫院 hospital

診所	clinic
內科醫師	physician
外科醫師	surgeon
皮膚科醫師	dermatologist
牙醫師	dentist
眼科醫師	eye doctor
耳鼻喉科醫師	ear, nose and throat doctor
整形外科醫師	orthopedic surgeon
過敏科醫師	allergist
精神科醫師	psychiatrist
美容整形外科醫師	cosmetic surgeon
婦產科醫師	obstetrician and gynecologist
小兒科醫師	pediatrician
整骨醫師	osteopath

也可以說 skin clinic！

婦產科可以說 women's clinic，小兒科可以說 children's clinic 喔。

Sally's comment

手帳上的醫院預定行程要怎麼寫呢？

在寫醫院的預約時，如果是牙科，可以寫作 make an appointment with my dentist，也就是「預約了牙醫師」，也可以在手帳上寫 dentist。皮膚科或其他科別也都一樣。如果婦產科醫師（obstetrician and gynecologist）太長的話，可以縮寫成 O&G。如果記得自己要去什麼科別的話，只要寫 clinic 就可以囉！

藥局	**pharmacy**
健康檢查	**medical examination**
治療	**treatment**
注射	**shot**
點滴	**IV (intravenous drip)**
疫苗接種	**vaccination**
X 光	**X-ray**
全身健康檢查	**complete medical checkup**
健康檢查	**medical checkup**
血液檢查	**blood test**
視力檢查	**vision test**
諮商輔導	**counseling**
婦科檢查	**gynecological exam**
孕期檢查	**pregnancy checkup**
子宮癌檢查	**uterine cancer screening**
乳癌檢查	**mammo (graphy)**
手術	**operation**
住院	**hospital stay**
針灸	**acupuncture and moxibustion**

出院就是
leaving hospital。

To Do List

＊預約下午 4 點的 皮膚科（皮膚科醫師）
  make an appointment with my dermatologist for 4:00pm
＊看醫生　see a doctor
＊辦理 住院 手續　fill in the form for a hospital stay
＊接受 健康檢查　have a medical checkup
＊探望 朋友　visit my friend in the hospital

校園生活
school life

學校⋯school

研究所	graduate school
大學	university ／ college
高中	high school
專門學校	technical school
教授辦公室	professor's office
禮堂	auditorium
學生事務組	student affairs section
就業服務處	employment bureau
學生餐廳	student cafeteria
攤販	stand
園遊會（文化祭）	school festival
運動會	field day
畢業旅行	graduation trip
戶外教學	school trip
入學典禮	entrance ceremony
畢業典禮	graduation ceremony

Sally's comment

在各式各樣的場合介紹自己

在國外大學的課堂上，氣氛十分自由，學生之間可以進行交流討論。為了讓學生聊起天來更自在，會在第一堂課讓學生自我介紹。此外，在宿舍或派對上需要自我介紹的場合也不少，介紹時可以提名字、出生地、就讀的大學、主修、興趣等等。

課程…lecture

A 教室	**classroom A**
講座、研討會	**seminar**
停課	**class cancellation**
代課	**substituting**
寫報告	**report writing**
讀書會	**study session**
田野調查	**fieldwork**
考試	**exam**
考試會場	**exam venue**
補考	**makeup exam**
科目	**subjects**
留級	**repeating a year**

To Do List

✳ 繳交 [　　　] submit [　　　]
　・作業　homework　　　　　　・履歷表　CV (curriculum vitae)
　・畢業論文　graduation thesis　　・報告　report

✳ 確認 [　　　] check [　　　]
　・課表　class schedule　　　　・考試成績　result of the exam
　・考試日期　exam day　　　　　・兼職班表　work shift

✳ 複印課堂 筆記　make a copy of a notebook

✳ 準備 考試　study ／ prepare for my exams

✳ 在 A 教室和 教授 碰面　meet my professor at the classroom A

校園生活
school life

社團活動…club

練習	training
聯合訓練	joint training
合宿、集訓	training camp
迎新合宿	first camp for freshmen
比賽	match
社費	club dues
迎新派對	party for new students
飲酒派對	drinking party
飲酒費 3,000 元	NT$ 3,000 for drinking

兼職…part-time job ／ work

打工薪資	part-time job wages
班表	shift
早班	early shift
晚班	late shift
打卡時間	starting time
時薪 150 元	NT$150 an hour

Sally's comment

英語系國家沒有同期入社的概念

英語系國家大部分的學生在畢業以後，會先在國內外旅行、或住在國外工作等等，體驗學生時期或就業以後比較沒有機會做的事，也就是俗稱的 gap year（壯遊）。期間大約為一至兩年，甚至更久。因此，每個人的就業年齡與時期都不太相同，所以在英語系國家中是沒有「同期入社」這個概念的。

求職活動…job hunting

企業觀摩	**company visit**
求職說明會	**briefing for job applicants**
聯合說明會	**joint seminar**
筆試	**entrance exam**
面試	**interview**
董事長面試	**interview with the president**
性向測驗	**aptitude test**
入社儀式	**company entrance ceremony**
培訓	**orientation**
實習	**internship**

To Do List

✱ 報名 說明會　apply for a briefing session

✱ 申請 每月津貼　ask for a monthly allowance

✱ 購買 定期票　buy a commuter pass

✱ 加值 電子錢包　charge e-money

✱ 跟社員收 社費　gather club dues from each member

✱ 收到 ▉▉▉　get ▉▉▉

・畢業證書　diploma
・學生證　student ID card
・健康檢查報告　health certificate
・轉學申請書　moving-in notification
・推薦函　letter of reference
・休學申請書　notification of withdrawal from school
・獎學金申請書　scholarship application form
・結業證書　certificate of completion
・學生優惠證　student discount card
・成績單　report card
・在學證明　certificate of school attendance
・畢業（結業）證明　certificate of expected graduation

會議、商談 meeting

會議／商談	meeting
簡報	presentation
腦力激盪	brainstorming
培訓	orientation
A 會議室	meeting room A
接待室	reception room
朝會	morning meeting
計畫會議	planning meeting
例行會議	regular meeting
銷售會議	sales meeting
董事會議	board meeting
編輯會議	editorial meeting
商談	business talks
商業午餐	business lunch
商業聚餐	business dinner
開始時間	starting time

晨會也可以用 morning meeting。

什麼是「business lunch」？

一邊放鬆、不拘謹地用餐，一邊商談的行為稱作 business lunch（商業午餐），畢竟只有短短的一小時到一個半小時，可以有效率地討論完工作上的事。又被稱為 power lunch，原本是指經營者招待投資人的午間聚餐，後來引申為一邊用餐一邊工作。

結束時間	**finishing time**
取消	**cancellation**
休息時間	**break time**
出席／缺席	**attendance ／ absence**
主席	**MC (master of ceremony)**
會議記錄	**minutes**
議題	**agenda**

To Do List

* 和 客戶 碰面　make an appointment with my client/customer
* 申請 面談　ask for a meeting
* 拜訪 客戶　visit my customer
* 查詢 客戶公司 的業績　check the performance of my client's company
* 通知 人 會議行程　tell 人 about our meeting
* 預約 會議室　reserve a meeting room
* 取消 商業聚餐　cancel the business dinner
* 變更 開始時間　change the starting time
* 通知 人 我將 缺席　tell 人 of my absence
* 列出會議的 議題　list up the agenda for the meeting
* 整理 議題　sum up the agenda
* 給予自家公司的 新產品　give our new product
* 準備 會議 的茶水　serve tea at the meeting
* 接受 諮詢　get counseling
* 發電子郵件給 人　email 人
* 送 伴手禮　send a gift
* 查看 ▮▮▮▮　check ▮▮▮▮
　· 股價　stock prices　　· 報紙　newspaper
　· 新聞　news　　· 財經版　financial pages

部門、職稱
department, title

部門…department

董事長辦公室	president's office
銷售部	sales department
創意部	creative department
會計部	accounting department
人事部	personnel department
法務部	legal affairs department
總務部	general affairs division

祕書室是 secretay's office 喔。

職稱…title

執行會長	executive chairperson
執行董事	executive
執行長／董事長	CEO (chief executive officer)／president
董事總經理	executive managing director

Sally's comment

對上司也不用敬稱，直呼名字

在不那麼重視上下關係的英語系國家中，職場上並沒有所謂的前輩或晚輩（學生之間也是如此）。雖然可以用 older coworker 來表示年長的同事，但基本上只會說是 coworker（同事）或直呼對方的名字。即使是上司也不會加上 Mr. 之類的敬稱，通常會直呼對方的 first name（名字）。

總經理	managing director
經理	general manager
課長	section chief
股長	subsection chief
組長	manager
店經理	manager of the branch (office)
分店店長	branch chief
店長	store / shop manager
營業所長	director (of the business office)
主任	chief
祕書	secretary
同事	coworker
下屬	subordinate
助理	assistant
負責人	person in charge

To Do List

＊打電話給 研究室　call the lab.

＊撥打內線給 會計部　call the ext. in the accounting department

＊與 副執行長 吃飯　dine with the executive vice-president

＊向 課長 報告　report to the section chief

＊向 會計部 提出經費結算表
submit a statement of expenses to the accounting department

call the lab. 的 lab. 是 laboratory（研究室）的縮寫，call the ext. in the accounting department 的 ext. 是 extension（內線）的縮寫。為了一眼就能看出是縮寫，在書寫的時候會在後方加上"."（縮寫點），用縮寫取代較長的單字，如此一來，手帳就能乾淨簡潔囉！ ➡ 活用縮寫→ P.81

出差	**business trip**
海外出差	**overseas business trip**
當天來回出差	**one-day business trip**
集合時間	**meeting time**
出發時間	**departure time**
抵達時間	**arrival time**
總公司	**head office**
分公司	**branch office**
海外分公司	**overseas branch**
展覽觀摩	**visit to an exhibition**
移動日	**transit day**
成田（羽田）機場	**Narita (Haneda) Airport**
第一（二）航廈	**terminal 1 (2)**
東京車站	**Tokyo station**
直接前往	**go straight**

> 直接前往可以縮寫為 ST，直接回家可以縮寫為 SH！

Sally's comment

小心不要被當成「計程車」

叫計程車的時候，如果說 call me taxi，沒有加「a」的話，會變成「叫我計程車！」搞不好有人會開玩笑叫你 Hi, taxi.（嗨！計程車）。想要拜託別人幫你叫台計程車的時候，應該要說 Could you call a taxi for me?。

直接回家	go straight home
應酬	business entertainment
加班	overtime work
名古屋營業處	Nagoya office
母公司	parent company
子公司	subsidiary company

打電話叫計程車
是 call a taxi。

To Do List

* 安排 出差 行程　arrange a business trip
* 聯絡 當地人員　call local staff
* 準備 特產　buy some gifts
* 申請 簽證　get a visa
* 兌換外幣　exchange money
* 拜訪 工廠　visit a factory
* 確認 ▢▢▢　check ▢▢▢
  · 時刻表　timetable
  · 時差　time-zone difference
  · 匯率　foreign exchange rate
* 準備 ▢▢▢　prepare ▢▢▢
  · 行程表　schedule
  · 資料　data／material
* 收取 ▢▢▢　receive ▢▢▢
  · 暫編經費　tentative payment
  · 出差費　traveling expenses
* 預約 ▢▢▢　book ▢▢▢
  · 新幹線車票　Shinkansen ticket
  · 機票　flight ticket
  · 來回票　round-trip ticket
  · 單程票　one-way ticket
  · 回程票　return ticket
  · 出租車　rental car
  · 商務旅館　business hotel
  · 飯店　hotel
  · 應酬的餐廳　restaurant for business entertainment

研討會、課堂
seminar, class

研討會	seminar
課堂	class
研習課程	training session
讀書會	study session
研討會	workshop
推廣課程	extension course
論壇	forum
會議	meeting
股東大會	general meeting
商品發表會	product announcement
大會	convention
協商會	conference
活動	event
社交聚會	social gathering

To Do List

✳ 報名 研討會　apply for a seminar

✳ 參加 研討會　join a seminar

✳ 缺席 課堂　be absent from a class

✳ 舉辦 研習課程　hold a training session

✳ 支付 參加費用　pay an entry fee

✳ 邀請 講師　invite a lecturer

銷售員	sales person
祕書、文書	(female) office secretary
接待員	receptionist
研究員	researcher
工程師	engineer
系統工程師	systems engineer
程式設計師	programmer
分析師	analyst
顧問	consultant
會計師	accountant
律師	lawyer
銀行行員	bank clerk
公務員	civil servant
口譯	interpreter
譯者	translator
警察	police officer
護理師	nurse
藥劑師	pharmacist
照護員	caregiver
（國中）高中教師	(junior) high school teacher
小學教師	elementary school teacher
幼稚園教師	kindergarten teacher

褓姆是 daycare worker 喔。

文件 document

文件	document
估價單	estimate
訂貨單	order sheet
銷售簿	sales book
企劃書	proposal
計畫書	plan
報告書	report
銷售報告書	sales report
協議書	license agreement
成交單據	contract note
申請書	application form
經費結算表	statement of expenses
財務報表	statement of accounts
財務報表分析	report on final accounts
參考資料	reference material
清單	list
備忘錄	memo

Sally's comment

英語系國家基本上都使用簽名

日本習慣在文件或合約上蓋章，但英語系國家並沒有印章，所有文件都是親筆簽名。當然也沒有所謂的公司印章，為了明確劃分該文件或合約的負責人是誰，簽名的時候都會清楚地寫上全名。

memo 是
memorandum
（備忘錄）的
縮寫喔。

To Do List

* 簽署 合約　sign the agreement
* 開立 發票　write slips
* 記錄 出勤簿　keep an attendance register
* 發送 郵件　distribute mails
* 確認 行程　check the schedule
* 分類 文件　file the document
* 複印 文件　make a copy of the document
* 整理 文件櫃　tidy up the cabinet
* 閱讀 _____　read _____
  * 說明書　instructions　　　　・契約　agreement
* 寄發 _____　send _____
  * 單據　bill　　　　　　　　・工作時程表　work schedule
  * 計畫表　program
* 寫 _____　write _____
  * 週報　weekly report　　　　・日報　daily report
* 提交 _____　submit _____
  * 收據　receipt　　　　　　　・停職書　petition for a leave of absence
  * 批准書　request for approval　・離職書　letter of resignation
  * 假單　absence report　　　　・確定申告書　final return form
  　　　　　　　　　　　　　　＊編按：日本申報所得稅為「確定申告」。

家事
house
chores

打掃	cleaning
吸塵器	vacuum cleaner
打掃浴室	bathroom cleaning
打掃廁所	toilet cleaning
擦窗戶	window washing
洗衣服	laundry
採買	shopping
準備晚餐（早餐／午餐）	prepare dinner (breakfast／lunch)
餵寵物	feed my pet
可燃垃圾	burnable garbage
不可燃垃圾	nonburnable garbage
塑膠類	plastic refuse
寶特瓶	empty plastic bottle
玻璃瓶	empty glass bottle
鐵鋁罐	empty can
紙類	paper waste
大型垃圾	oversized rubbish
回收垃圾	recyclable waste

回收可燃垃圾的日子叫做 burnable garbage day 喔。

將大型垃圾拿出去丟叫做 throw away oversized rubbish 喔。

Sally's comment

「家事」的英文怎麼說？

一提到「家事」，大家第一個聯想到的可能是「housework」，但口語最常使用的是和 chores（雜務）結合的「house chores」，做家事就是「do some house chores」。但只說 chores，對方也知道你指的是家事喔。順帶一提，homework 是「回家作業」的意思，要特別留意喔！

To Do List

* 打掃房間　clean the room
* 洗衣服　do the laundry
* 曬衣服　hang out the laundry
* 摺衣服　fold the laundry
* 將可燃垃圾拿去丟　throw away burnable garbage
* 確認傳單內容　check ad-papers
* 將連身洋裝拿到洗衣店　take a dress to the cleaners
* 去投幣式洗衣店　go to a laundromat
* 洗碗　do the dishes
* 在浴缸放熱水　fill bathtub with hot water
* 換床單　change the sheet
* 換枕頭套　change the pillowcase
* 曬棉被　air out a futon
* 燙衣服　iron a shirt
* 擦鞋子　polish shoes
* 收包裹　receive a parcel
* 寄信　send a letter
* 傳閱回覽板　pass on a circular notice
* 出席社區會議　attend a neighborhood association meeting
* 出席自治會會議　attend a residents' association meeting
* 記錄家計簿　keep household accounts
* 接送丈夫／小孩　get my husband ／ child to 地點 and back
* 遛狗　go for a walk with my dog
* 製作便當　pack a lunch
* 除去庭院的雜草　weed the yard
* 更新駕照　renew the license

生活、搬家
daily life, moving

搬家	**moving**
打包行李	**packing**
地址變更通知書	**notification of new address**
電力公司	**electric power company**

To Do List

✳ 評估 搬家 費用　estimate moving expenses

✳ 變更住址　report the change of address

✳ 處理掉不需要的東西　throw things away

✳ 聯絡 ▓▓▓▓　call ▓▓▓▓
- ·搬家公司　moving company
- ·房屋仲介　real estate agent
- ·管理公司　management company
- ·房東　landlord
- ·自來水公司　waterworks bureau
- ·電話通訊公司　phone company
- ·報社　newspaper sales agency
- ·供應商　provider
- ·信用卡公司　credit card company
- ·保險公司　insurance company
- ·瓦斯公司　gas company
- ·手機電信業者　mobile phone company

✳ 繳交 ▓▓▓▓　submit ▓▓▓▓
- ·搬家通知書　notification of moving out
- ·戶籍謄本　copy of a family register
- ·護照　passport
- ·健保卡　health insurance card
- ·會員卡　membership card
- ·駕照　driver's license

✳ 寄 ▓▓▓▓　send ▓▓▓▓
- ·快捷郵件　express letter
- ·掛號信　registered mail
- ·感謝函　thank-you note
- ·冬季問候卡　winter greeting card
- ·邀請函　invitation card
- ·聖誕卡　Christmas card
- ·居留證　certificate of residence
- ·搬家通知明信片　postcard for moving notices
- ·賀年卡　New Year's card
- ·夏季問候卡　summer greeting card
- ·夏末問候卡　late summer greeting card
- ·照片　picture
- ·結婚／生產／新居賀禮　gift for wedding ／ newborn baby ／ new home
- ·結婚通知明信片　postcard of marriage announcement

祖父母	grandparents
父母	parents
兄弟	brother
姐妹	sister
表兄弟姐妹	cousin
叔叔	uncle
阿姨	aunt
外甥（外甥女）	nephew
侄子（侄女）	niece
女兒	daughter
兒子	son
媽媽友 * 編按：「媽媽友」指日本家庭主婦為了交流訊息、消除壓力而組成的團體。	fellow mom
朋友	friend
同學	classmate
鄰居	neighbor
老師	teacher
老闆	boss

> 學生時代的朋友叫做 friend from my school，而不是 my school's friend 喔。

Sally's comment

伴侶的父母怎麼稱呼呢？

「伴侶的○○」寫作「○○ -in-law」，伴侶的媽媽就是 mother-in-law，伴侶的爸爸就是 father-in-law。這個「in-law」是代表「法律締結的關係」。

例：我見了我岳母／婆婆　→　I met my mother-in-law.

順帶一提，「前夫」是 ex-husband。只要在單字前面加上 ex 就代表「前任○○」的意思。當主詞是 My ex 的時候，就是暗指「前男友／前夫」的意思。

例：我碰到了前男友　→　I saw my ex.

幼稚園	kindergarten
托兒所	daycare
小學	elementary school
國中	junior high school
安親班	after-school child care
幼稚園入學典禮	kindergarten entrance ceremony
幼稚園畢業典禮	kindergarten graduation ceremony
始（結）業式	opening (closing) ceremony
上學日	school day
教學觀摩	visitors' day
家長教師聯誼會	PTA meeting
三方面談	meeting with the teacher
家長日	parent-teacher conference
家庭訪問	teacher's home visit
生日派對	birthday party
運動會	sports day
園遊會	school play day
表演會	performance day
遠足	excursion
學餐費	school meal fees
戶外教學	educational visit
修學旅行	school trip
健康檢查	medical checkup

運動會也可以和
體育祭一樣用
field day。

期中考	**midterm exam**
期末考	**final exam**
入學試驗	**entrance exam**
社團	**club**
補習班	**cram school**
鋼琴班	**piano lesson**
游泳班	**swimming lesson**

體操班是 gym lesson。

To Do List

* 寫孩子的 聯絡簿　write the correspondence notebook
* 製作 便當　pack a lunch
* 去 幼稚園 接小孩（名字）　pick up 名字 from kindergarten
* 檢查小孩（名字）的 作業　help 名字 with homework
* 燙 制服　iron school uniform
* 繳交鋼琴班的 月費　pay a monthly fee for the piano lesson
* 訂購 生日蛋糕　order a birthday cake
* 買 生日禮物　buy a birthday present
* 巡邏上學路線　patrol around the school
* 繳交 學餐費　pay school meal fees
* 縫 �_____ sew ▒▒▒▒
  · 表演會的服裝　stage costume for a school play
  · 幼稚園書包　kindergarten bag
* 洗 ▒▒▒▒ wash ▒▒▒▒
  · 圍裙　smock　　· 運動服　PE uniform
  · 室內鞋　indoor shoes

PE 是 physical education（體育）的縮寫。

購物的單字集

本書整理了化妝品、日用品、食物、生活雜貨等等，在購物時用得到的單字。將需要的單字填入 To Do List 的 ▢▢▢ 內，並活用在手帳或購物備忘錄上吧！

To Do List

🖊 買 ▢▢▢   buy ▢▢▢

 ★ 例：買美容精華液　buy skin essence

To Do List

🖊 去買 ▢▢▢   go shopping for ▢▢▢

 ★ 例：買食材　go shopping for groceries

To Do List

🖊 拿 ▢▢▢ 去拍賣   put up ▢▢▢ for auction

 ★ 例：把包包拿去拍賣　put up my bag for auction

To Do List

🖊 借（還）▢▢▢   rent ▢▢▢ (return ▢▢▢)

 ★ 例：借 DVD　rent DVDs 　（※ 免費借閱的時候使用 borrow）

To Do List

🖊 去 ▢▢▢   go to ▢▢▢

 ★ 例：去超市　go to the supermarket

✪ 化妝品　cosmetics

* 乳液　milky lotion
* 口紅　lipstick
* 美容精華液　skin essence
* 護唇膏　lip balm
* 保溼霜　moisturizing cream
* 唇蜜　lip gloss
* 潔面泡沫　cleansing foam
* 腮紅　blusher
* 洗面乳　facial cleanser
* 眼影　eye shadow
* 卸妝乳　makeup remover
* 眼線　cyeliner
* 面膜　facial mask
* 睫毛膏　mascara
* 睫毛夾　eyelash curler
* 假睫毛　false eyelashes
* 粉底／粉底液（霜）　base ／ foundation (cream)

✪ 藥　medicine

* 藥片　tablet
* 熱／冰敷袋　hot ／ cold compress
* 藥粉　powdercd drug
* 眼樂水　eye drops
* 感冒藥　cold medicine
* 蚊蟲叮咬止癢膏　insect bite relief
* 頭痛藥（止痛劑）pain killer
* OK 繃　BAND-AID®
* 退燒藥　antipyretic
* 營養補給品　supplement
* 腸胃藥　digestive medicine
* 軟膏　ointment

✪ 食材　groceries

蔬菜　vegetables

* 蘆筍　asparagus
* 蘿蔔苗　daikon radish sprouts
* 腰豆　kidney bean
* 小黃瓜　cucumber
* 毛豆　green soybeans
* 蘑菇　mushroom
* 秋葵　okra
* 牛蒡　burdock
* 蕪菁　turnip
* 小松菜　komatsuna
* 南瓜　pumpkin

✪ 食材　groceries

蔬菜　vegetables

* 番薯　sweet potato
* 芋頭　taro
* 馬鈴薯　potato
* 薑　ginger
* 櫛瓜　zucchini
* 芹菜　celery
* 白蘿蔔　daikon
* 洋蔥　onion
* 玉米　corn
* 番茄　tomato
* 茄子　eggplant
* 紅蘿蔔　carrot
* 蒜頭　garlic

* 韭菜　chinese chives
* 蔥　spring onion
* 白菜　Chinese cabbage
* 香料　herb
* 香菜　parsley
* 甜椒　paprika
* 羅勒　basil
* 青椒　green pepper
* 青花菜　broccoli
* 菠菜　spinach
* 蘘荷　myoga
* 薄荷　mint
* 豆芽菜　bean sprouts

肉　meat

* 牛肉　beef
* 豬肉　pork
* 手撕豬肉　chopped pork
* 雞胸肉　chicken breast
* 雞腿肉　chicken leg
* 牛絞肉　ground beef
* 豬絞肉　ground pork

* 混合絞肉　minced pork and beef
* 雞絞肉　ground poultry
* 塊肉　chunk of meat
* 肉片　thin-sliced meat
* 火腿　ham
* 香腸　sausage
* 培根　bacon

魚　fish

* 竹筴魚　horse mackerel
* 貝類　shellfish

72

* 烏賊　squid
* 蛤蜊　clam
* 沙丁魚　sardine
* 河蜆　corbicula clam
* 帆立貝　scallop
* 黃鰤　yellowtail
* 鰹魚　bonito
* 金槍魚　tuna
* 鮭魚　salmon
* 明太子　mentaiko
* 鯖魚　mackerel
* 生魚片　sashimi
* 秋刀魚　saury
* 烤鰻魚　broiled eel
* 章魚　octopus
* 鱈魚　cod
* 鱈魚子　cod roe
* 小魚乾　jako

蛋、大豆、乳製品　eggs, soybean, dairy products

* 蛋　egg
* 優酪乳　liquid yogurt
* 豆腐　tofu
* 起司　cheese
* 納豆　natto
* 奶油　butter
* 炸豆腐　deep-fried tofu
* 人造奶油　margarine
* 蒟蒻　konnyaku
* 牛奶　milk
* 優格　yogurt

麵包、米　bread, rice

* 吐司　bread loaf
* 哈蜜瓜麵包　melon-flavored bun
* 葡萄乾麵包　raisin bread
* 卡士達麵包　custard bun
* 麵包卷　bread roll
* 紅豆麵包　bean jam bun
* 牛角麵包　croissant
* 咖哩麵包　curry bun
* 可樂餅麵包　croquette bun
* 米　rice
* 夾餡麵包　stuffed bread
* 麻糬　mochi
* 法式麵包（長棍麵包）　French bread (baguette)
* 糕點　pastry

其他　others

* 配菜　deli
* 殺菌食品　retort food
* 醃漬物　pickles
* 泡菜　kimchi
* 金槍魚罐頭　tuna can
* 小麥麵粉　wheat flour
* 鬆餅粉　pancake mix
* 減肥食品／瘦身產品　diet food ／ slimming product

* 沙拉油　salad oil
* 橄欖油　olive oil
* 芝麻油　sesame oil
* 調味料　dressing
* 果醬　jam
* 蜂蜜　honey
* 麵包粉　bread crumbs

調味料　seasoning

* 美乃滋　mayo (mayonnaise)
* 調味醬　sauce
* 番茄醬　ketchup
* 醬油　soy sauce
* 味噌　miso
* 鹽　salt
* 胡椒　pepper
* 辛香料　spice

* 醋　vinegar
* 味醂　mirin
* 清酒　sake
* 芥末醬　mustard
* 鷹爪辣椒　cone pepper
* 法式清湯　consommé stock
* 和風清湯　wafu soup stock
* 雞湯　chicken soup stock

甜點　desserts and sweets

* 糕點　confectionery
* 蛋糕　cake
* 布丁　pudding
* 泡芙　cream puff
* 果凍　jelly
* 和菓子　wagashi

* 饅頭　manju
* 大福　daifuku
* 羊羹　yokan
* 鯛魚燒　taiyaki
* 點心　snack food
* 煎餅　rice cracker

水果　fruits

* 蘋果　apple
* 橘子　orange
* 香蕉　banana
* 奇異果　kiwi fruit
* 葡萄柚　grapefruit
* 葡萄　grape
* 鳳梨　pineapple
* 水蜜桃　peach

* 梨子　pear
* 草莓　strawberry
* 哈蜜瓜　melon
* 檸檬　lemon
* 藍莓　blueberry
* 芒果　mango
* 栗子　chestnut
* 柿子　persimmon

飲品　drinks

* 咖啡　coffee
* 咖啡豆　coffee beans
* 咖啡牛奶　coffee milk
* 紅茶　tea
* 奶茶　tea with milk
* 花草茶　herbal tea
* 綠茶　green tea
* 礦泉水　mineral water
* 碳酸水　soda (water)
* 果汁　juice
* 柳橙汁　orange juice
* 蘋果汁　apple juice

* 可樂　cola
* 罐裝果汁　can of juice
* 罐裝啤酒　can of beer
* 清酒　sake
* 燒酒　shochu
* 紅酒　red wine
* 白酒　white wine
* 粉紅酒　rosé wine
* 香檳　champagne
* 威士忌　whisky
* 調酒　cocktail

✪ 日用品　commodity

廚房用品　kitchenware

* 菜刀　kitchen knife
* 砧板　chopping board
* 鍋子　pan
* 平底鍋　frying pan
* 餐具　tableware
* 玻璃　glass
* 咖啡杯　coffee cup
* 茶杯　teacup
* 西式餐具　cutlery
* 筷子　chopsticks

* 叉子　fork
* 湯匙　spoon
* 刀子　knife
* 鋁箔紙　aluminum foil
* 保鮮膜　plastic wrap
* 塑膠袋　plastic bag
* 冷凍用保鮮袋　freezer bag
* 海綿　sponge
* 棕刷　scrubbing brush
* 垃圾袋　garbage bag

洗劑類　cleaner／detergent

* 洗碗精　dish detergent
* 洗衣精、清潔劑　detergent
* 漂白劑　bleach
* 去污清潔劑　cleanser

* 廁所清潔劑　toilet cleaner
* 浴室清潔劑　bathtub cleaner
* 蘇打粉　baking soda

浴廁用品　toiletries

* 洗髮乳　shampoo
* 潤髮乳　conditioner
* 護髮乳　hair treatment
* 沐浴乳　body soap
* 洗手乳　hand soap
* 肥皂　soap
* 捲筒衛生紙　toilet paper
* 衛生紙　tissue

* 牙刷　toothbrush
* 牙膏　toothpaste
* 棉花棒　cotton swab
* 美髮造型產品　hairstyling product
* 髮膠　gel
* 慕斯　hair mousse
* 髮蠟　hair cream
* 造型噴霧　hair spray

* 染髮劑　hair color product
* 體香劑　deodorant spray
* 指甲油　nail polish
* 去光水　nail-polish remover
* 防曬乳　sunscreen
* 指甲剪　nail file
* 身體乳液　body cream
* 隱形眼鏡　contact lens
* 拋棄式隱形眼鏡　disposable contact lens
* 隱形眼鏡保養液　contact lens solution

生活用品、文具　housewares, stationery

* 芳香劑　air freshener
* 筆記本　notebook
* 橡膠手套　rubber gloves
* 手帳　pocket notebook
* 口罩　mask
* 便條紙　memo pad
* 電池　battery
* 便利貼　sticky notes
* 燈泡　bulb
* 信紙　letter pad
* LED 燈泡　LED bulb
* 信封　envelope
* 日光燈　fluorescent lamp
* 郵票　stamp
* 傳真紙　fax paper
* 明信片　postcard
* 膠水　glue
* 黏著劑　adhesive
* 釘書機　stapler
* 剪刀　scissors
* 原子筆　ballpoint pen
* 思高膠帶　Scotch® tape
* 奇異筆　marker pen
* 紙膠帶　masking tape
* 螢光筆　highlighter
* 封箱膠帶　packing tape
* 鋼筆　calligraphy pen
* 資料夾　file
* 鉛筆　pencil
* 橡皮擦　eraser
* 立可白　white-out
* 立可帶　correction tape
* 迴紋針　clip
* 墨水匣　printer ink cartridges
* 自動鉛筆　mechanical pencil

✪ 家電　**home electrical appliances**

* 平板電視　flat-screen TV
* 冰箱　fridge (refrigerator)
* 微波爐　microwave oven
* 烤箱　toaster oven
* 麵包機　bread maker
* 空調　air conditioner
* 洗衣機　washing machine
* 烘衣機　dryer
* 吹風機　hair dryer
* 電腦　PC
* 電子辭典　e-dictionary(electronic dictionary)
* 電風扇　fan

* 電話　telephone
* 手機　cell phone ／ mobile
* 加溼器　humidifier
* 除溼機　dehumidifier
* 空氣清淨機　air cleaner
* 電熱毯　electric carpet
* 數位相機　digicam (digital camera)
* 按摩椅　massage chair
* 瘦身器材　slimming equipment
* 印表機　printer

✪ 室內　**interior**

* 窗簾　curtain
* 地毯　carpet
* 傢俱　furniture
* 床　bed
* 桌子　table
* 椅子　chair

* 沙發　sofa
* 櫥櫃　cupboard
* 書櫃　bookshelf
* 衣櫃　chest
* 花束　bouquet
* 盆栽　potted plant

✪ 時尚　**fashion**

服飾　clothes

* 連身洋裝　dress
* 襯衫　suit
* 丘尼卡　tunic

* 背心　tank top
* 裙子　skirt
* 褲子　pants

* 女式背心　camisole
* 牛仔褲　jeans
* 夾克　jacket
* 褲襪　pantyhose
* 皮衣　leather jacket
* 內衣褲　underwear
* 羽絨外套　down jacket
* 內衣　bra (brassiere)
* 大衣　coat
* 內褲　panties
* 毛衣　jumper
* T恤　T-shirt
* 襯衣　undergarment
* 襯衫　shirt
* 外套　outerwear
* 領帶　tie
* 上衣　top
* 襪子　socks
* 緊身褲　leggings
* 皮帶　belt
* 緊身衣　tights

鞋子　shoes

* 包鞋　pumps
* 靴子　boots
* 拖鞋　sandals
* 雨靴　rain boots
* 穆勒鞋　mules
* 球鞋　sneakers

飾品配件　fashion accessories

* 戒指　ring
* 髮圈　hair elastic
* 項鍊　necklace
* 帽子　hat
* 手鍊　bracelet
* 棒球帽　cap
* 領巾　scarf
* 絲巾　stole
* 眼鏡　glasses
* 圍巾　scarf
* 髮飾　barrette
* 包包　bag
* 髮簪　hair clasp
* 提袋　handbag
* 髮夾　hairpin
* 手提箱　suitcase
* 垂墜式耳環　earrings
* 貼耳式耳環　pierced earrings

✪ 時尚 **fashion**

其他 others

* 皮夾 wallet
* 手拿包 purse
* 零錢包 coin purse
* 通勤票卡夾 commuter pass holder
* 手帕 handkerchief
* 雨傘 umbrella
* 陽傘 parasol

✪ 商店 **shops and stores**

* 超市 supermarket
* 暢貨中心 outlet mall
* 商店街 shopping arcade
* 麵包店 bakery
* 西點店 confectionery
* 唱片行 CD shop
* 魚店 fish shop
* 酒品店 liquor store
* 肉攤 meat shop
* 米店 rice shop
* 豆腐店 tofu shop
* 藥妝店 drugstore
* 花店 flower shop
* 電器行 electronics store
* 家電量販店 electronics retail store
* 二手回收店 recycled-goods shop
* 便利商店 convenience store
* 和菓子店 Japanese sweets shop
* 百圓商店 100-yen shop
* 百貨公司 department store
* 早市 morning market
* 市場 market
* 影音出租店 CD/DVD rental shop
* 蔬果店 vegetable shop
* 文具店 stationery store
* 書店 bookstore
* 照相館 photo studio
* 傢俱店 interior furnishings shop
* 雜貨店 variety store
* 藥局 pharmacy
* 眼鏡行 optician
* 大賣場 discount store

活用縮寫

運用在自己的手帳或備忘錄上！

寫手帳的時候，簡短的縮寫就能填進小小的空格裡。畢竟手帳不是正式文件，只要自己看得懂，就算自創名詞也沒問題。只不過，最多只能用在自己的手帳，或是對朋友、同事使用。

方便書寫預定行程

- ☐ @ ▶ at 在～（地點）
- ☐ w/ ▶ with 和～（人）
- ☐ hr ▶ hour(s) ～小時
- ☐ min. ▶ minute(s) ～分鐘
- ☐ w/e ▶ weekend 週末
- ☐ TBD ▶ to be determined 未定
- ☐ appt ▶ appointment
  約定／預約（醫生等等）
- ☐ BD ▶ birthday 生日
- ☐ anniv. ▶ anniversary 紀念日

用在聊天或推特上

- ☐ CM ▶ call me 打給我
- ☐ THNX ▶ thanks 謝謝
- ☐ LYL ▶ love ya lots 最喜歡你了
- ☐ ILU ▶ I love you 我愛你
- ☐ LOL ▶ laughing out loud 爆笑
- ☐ HHOK ▶ haha only kidding
  只是開玩笑
- ☐ GJ ▶ good job 幹得好／辛苦了
- ☐ TGIF ▶ Thank God it's Friday!
  週末來了！

可以活用在工作上

- ☐ MTG ▶ meeting 會議／商談
- ☐ MSG ▶ message 訊息
- ☐ Info ▶ Information 資訊
- ☐ ST ▶ go straight 直接去
  * 莎莉自創詞
- ☐ SH ▶ go straight home 直接回家
  * 莎莉自創詞
- ☐ OW ▶ overtime work 加班
- ☐ co. ▶ company ～公司
- ☐ dept. ▶ department ～部門
- ☐ div. ▶ division ～課
- ☐ PN ▶ please note 留意！
- ☐ NP ▶ no problem 沒問題
- ☐ ASAP ▶ as soon as possible
  盡快／盡早
- ☐ RSN ▶ real soon now 立刻／緊急
- ☐ PCB ▶ please call back 請回電
- ☐ BRB ▶ be right back 馬上回來
- ☐ FYI ▶ for your Information 僅供參考
- ☐ L8R ▶ later 之後

讓英文能力大幅提升！快快樂樂的手帳活用術

莎莉式

除了日常的預定行程之外，試著在手帳裡寫下想法、記錄興趣，
一步步增加字彙量吧。將自己的想法轉換成英文，
雀躍感將會大幅提升你的英文能力喔。

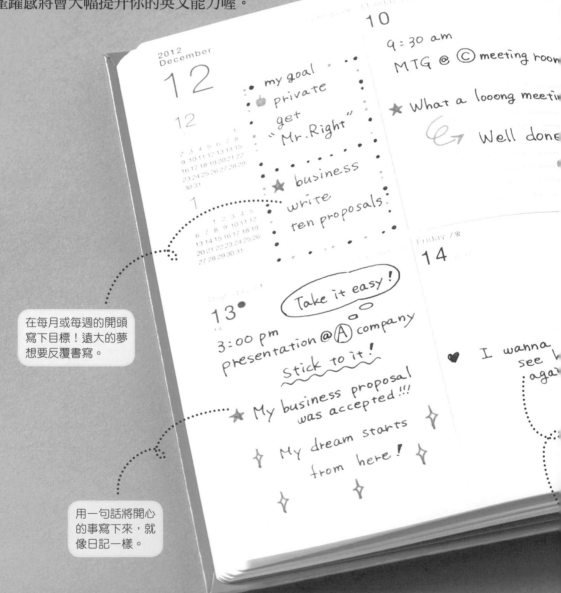

在每月或每週的開頭寫下目標！遠大的夢想要反覆書寫。

用一句話將開心的事寫下來，就像日記一樣。

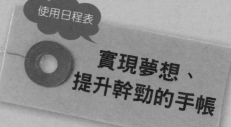

MARDI · DIENSTAG

I'll do
my best!!

0 pm
ker in Ginza

I met a guy!

Cool!!

Wednesday /水

12

友引 347/366

6:30 pm
etiquette school in Ebisu
↪ increase my feminine
energy!!

♥ I emailed Kenji.

Wow!

Exciting!

MERCREDI · MITTWOCH

興奮或期待的愉悅心
情也用英文來呈現！

SAMEDI · SAMSTAG

Saturday /土

15

6:00 pm
nail salon

I woke up early!

feelin' good

Sunday /日

16

友引 351/366

10:30 am
date @ Setagaya museum
w/ Kenji

♥ I had a first date
with him.
I was so happy!!!!!

Excellent!!!

DIMANCHE · SONNTAG

運用不同顏色和插圖
讓興致更高昂！

「好想再見他一面喔。」這種
戀愛心願也可以♥

建議的寫法和例句翻譯請看下一頁 ▶ ▶

雀躍的感覺讓你的幹勁和英文能力同時提升！

提升幹勁的手帳怎麼寫才好玩？

① 寫下目標

反覆寫在醒目的位置

目標要用簡單的句字寫在日程表最醒目的位置，在思考如何讓冗長的內容濃縮成一句話時，反而會讓目標變得更加明確。可以參考本書 Part 4 的例句，將工作和戀愛依類型區別開來，需要長時間達成的目標要每個月、每一週「反覆」寫下。睡覺前「唸出聲音來」更能夠提升幹勁喔！

Part 4 目標清單例句 ➡ **P.130**！

✓ word check

- ☐ my goal　我的目標、想實現的事情
- ☐ get "Mr. Right"　邂逅理想的對象
- ☐ write ten proposals　寫出十份企劃書

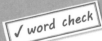

② 讓寫手帳更有趣的一句話

正向的心情要盡情寫出來

如果可以將心裡浮現的情感轉換成英文的話，寫英文就會漸漸變成一件有趣的事。在當天的預定行程或日記上補充一句，尤其是喜悅的心情、感謝的心情，將「正向的情感」大大方方地寫出來吧！每當看到這些文字的時候，就會開心起來，也會更加有精神、有幹勁。

Part 2 用一句話表現情感 ➡ 前往 **P.98**！
Part 4 勉勵自己的一句話 ➡ 前往 **P.128**！

✓ word check

- ☐ Cool!!　太帥啦！
- ☐ Wow! Exciting!　好興奮／雀躍！
- ☐ feelin' good♪　感覺還不賴♪

寫下會讓自己興致高昂
的內容，反覆朗讀。
祕訣在於要使用滿滿的正向文字！

③ 寫日記

在空白處簡短寫下當天發生的事

對於初學者來說，要寫英文日記的難度太高了。但只要在日程表的空白處寫上一句話就好，如此隨性的感覺也比較容易培養習慣。可以參考 Part 3 的例句，即使是照抄也沒關係，將當天發生的事或感想寫下來。就算想寫的事有一大堆，只要將最重要的事寫成一句話就可以了。

Part3 單行日記例句 → 前往 **P.110**

✓ word check

- ☐ My business proposal was accepted!!!
  My dream starts from here!
  我的企劃案通過了！我的夢想就要踏出第一步了！

④ 打造得更鮮艷繽紛

用喜歡的顏色或插圖來提升雀躍感

色彩、插圖，這些由視覺來吸收的圖像資訊是大部分的記憶來源。在目標、心情、開心的小事件旁邊，補上漂亮的顏色或活潑的插圖，開心雀躍的氛圍和文字就會一併烙印在記憶中。不但寫起手帳有趣了許多，英文能力也會跟著提升，大家可以嘗試看看喔！

✓ word check

- ☐ I had a first date with him.
  I was so happy!!!!!
  我和他第一次約會了，超幸福的！
- ☐ Excellent!!! 太棒啦！

朝著目標體重或三圍努力

瘦身手帳

學習相關用語的
英文單字也很有趣

使用日程表

寫法小祕訣
首先，將目標寫在最上方，像是體重、體脂肪率或運動量等等。接著是條列自己想記錄的項目，每天都可以享受用英文書寫的樂趣。「kg、kcal、cm」這些單位量詞按照平時的方式去寫就可以了。

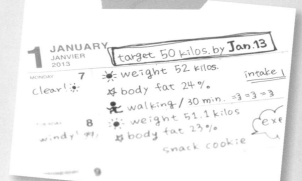

key word

♥ 減肥　**go on a diet**

♥ 目標（體重等等）　**target**

♥ 50 公斤　**50 kilos.**

♥ 1 月 13 日以前　**by Jan.13**

　　時間的表現 ▶ P.96

♥ 體重　**weight**

♥ 體脂肪（率）　**body fat(%)**

♥ 攝取熱量　**(calorie) intake**

♥ 消耗熱量　**(calorie) consumption**

♥ 1600 大卡　**1600 kilocalories**

♥ 我吃了……　**I ate…**

♥ 走路　**walking**

♥ 跑步　**running**

♥ 運動　**exercise**

♥ 肌力訓練　**muscle training**

♥ 仰臥起坐　**sit-ups**

♥ 伏地挺身　**pushups**

♥ 30 分鐘　**30 minutes ／ min.**

♥ 10 次　**10 times**

♥ 三圍（標記方式）　**B ／ W ／ H**

♥ 60 公分　**60 cm**

英文學習手帳

一步一腳印維持下去！

將電視節目的預定時間
或目標寫得更明確

使用日程表

key word

👑 英文會話課　**English lesson**

👑 一天記住「10 個英文單字」
memorize "10 words" per day

👑 閱讀 ▨▨▨　**read** ▨▨▨

・英文報紙　**English newspaper**
＊報章名稱、書名寫在最後

・平裝書　**paperback**

・英文漫畫　**English comic**

・英文課本　**English textbook**

👑 聽 ▨▨▨　**listen to (the)** ▨▨▨

・NHK 廣播頻道 2　**NHK-Radio 2**

👑 用英文寫電子郵件
email in English

👑 收看 ▨▨▨　**watch (the)** ▨▨▨

・NHK 教育頻道　**NHK-ETV**

・美國電視影集
American TV drama

・國際新聞　**world news**

・網站　**website**

・**YouTube**

👑 用英文發推特　**tweet in English**

👑 用英文在臉書上發表文章
wrtie in English on Facebook

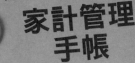

收支一目瞭然，養成儲蓄習慣
家計管理手帳

記錄每天購物、午餐所花費的金額，並在週末或月底進行統計。

像是生活在國外的感覺

寫法小祕訣

存錢、餐費、電話費……光是用英文記錄費用就有種生活在國外的感覺。即使單字較長，多寫幾次就會記得了。到了月底，譬如週末或發薪日等等，就可以統計各項支出的總金額。只要掌握了收支情況，自然而然就會減少不必要的開銷，也會萌生儲蓄的動力喔。

---

check

英文的金額書寫方式

● 五位數以上要以三位數為一個單位，用「，」區分。四位數依方便的方式書寫即可。

● 在數字的前面加上 ¥ 就可以。

* 編按：以新台幣來說，將 ¥ 替換成 NT$ 或 NTD 即可。

lunch ¥1,200

Check! payment slips

$ Payday

income ¥260,000

· savings ¥50,000
· rent ¥80,000
· food expenses ¥20,000
· eating out expenses ¥15,000
· utility charges ¥15,000
· telephone bill ¥10,000

使用日程表

★ 家計　household budget

★ 發薪日　payday

★ 獎金　bonus

★ 薪資明細　pay slip／pay stub

★ 收入　income

★ 儲蓄　savings

★ 支出　expenditures

　· 房租　rent

　· 餐費　food expenses

　· 外食費　eating out expenses

　· 公共電費　utilities charges

　· 電費　electricity bill

　· 瓦斯費　gas bill

　· 水費　water bill

　· 手機電話費　telephone bill

　· 醫療費　doctor's bill

　· 交際應酬費

　　entertainment expenses

　· 治裝費　clothing expenses

　· 美容費　beauty expenses

· 交通費

　transportation expenses

· 娛樂消遣費

　amusement expenses

· 旅遊開銷　travel expenses

· 學費　school fees

· 日用品開銷

　commodities expenses

· 雜費

　miscellaneous expenses

★ 信用卡　credit

★ 轉帳　direct debit

★ 循環信用　revolving credit

★ 償還貸款　loan repayment

★ 稅金　tax

★ 保險費　insurance

★ 零存整付　installment savings

★ 額外收入　extra income

★ 預算　budget

★ 總計　total

★ 餘額　balance

家計簿的英文是
「household accounts」。
左頁圖片手帳上的 Payday 的
字首之所以是大寫，是因為
想要強調。

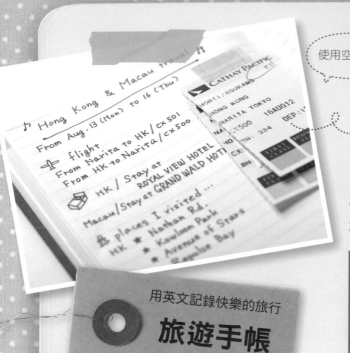

使用空白手帳

可以貼上機票、入場券
的票根或店家的名片。

條列出交通或停留的相關資訊

寫法小祕訣

旅行目的地、期間、飛機航班、住宿地點等等，試著用單字或簡短的句子記錄旅行的各種資訊吧。也可以用一句話寫下自己的感想，打造出寶貴的旅遊手帳，讓你每次重看都能回味起旅行的所有小細節。

用英文記錄快樂的旅行

旅遊手帳

key word

- 💜 目的地　destination
- 💜 ▢▢▢ 旅遊 ▢▢▢　travel／trip
- 💜 行程表　schedule
- 💜 ▢▢ 日〜 ▢ 日　from ▢ to ▢
  時間的表現 ▶P.96
- 💜 旅遊路線　route of travel
- 💜 航班　flight
- 💜 新幹線　Shinkansen
- 💜 開往 ▢▢▢ 站的列車
  train for ▢▢▢ station
- 💜 計程車　taxi
- 💜 公車　bus

- 💜 住在 ▢▢▢（飯店名）stay at ▢▢▢
- 💜 入住（退房）　check in (out)
- 💜 地址　address
- 💜 地圖　map
- 💜 造訪過的地方　places I visited…
- 💜 吃過的美食　I ate…
- 💜 購買的東西　I bought…
- 💜 送給 人 的土產　gift for ▢▢▢
- 💜 感想　impression
- 💜 女孩旅遊　girls trip
- 💜 一個人的旅行　traveling alone

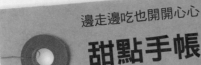

邊走邊吃也開開心心
甜點手帳

使用空白手帳

多吃多比較
寫下一句 my 評價

<table>
<tr><td>寫法小祕訣</td><td>不但可以練習喜愛的甜點的英文，還可以記錄店家資訊、甜點價位，甚至可以針對美味程度留下一句簡短的評語，就像是當上美食評鑑家的感覺！和菓子可以直接用羅馬拼音寫出來。</td></tr>
</table>

Jan. 20
🍰 shop: Le Blanc
✦ great!!
cheesecake ¥400
Mont Blanc ¥530
business hou...

key word

👑 店家　shop	👑 水果塔　fruit tart
👑 地址　address	👑 瑞士蛋糕卷　Swiss roll
👑 電話號碼　phone number	👑 泡芙　cream puff
👑 營業時間　business hours	👑 閃電泡芙　éclair
👑 週＿＿公休　closed on ＿＿	👑 布丁　pudding
👑 西點師　patissier	👑 果凍　jelly
👑 價格　price	👑 餅乾　cookie
👑 今日甜點　Today's sweets	👑 評價　rating
👑 西點　confectionery	👑 味道　taste
👑 巧克力蛋糕　chocolate cake	👑 甜度　sweetness
👑 起司蛋糕　cheesecake	👑 食材　ingredients
👑 水果蛋糕　shortcake	👑 口感　texture
👑 蒙布朗蛋糕　Mont Blanc	👑 裝飾　decoration
👑 蘋果派　apple pie	

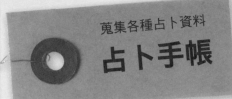

蒐集各種占卜資料
占卜手帳

寫法小祕訣 在行程表手帳的空白處寫下每月或每週的占卜內容，可以用★數的多寡來表示運勢的好壞。建議可以將重點單字列出來，依自己的方式分類整理。

將每天都會記錄的事情，例如熱衷的興趣、女性的身體狀況等等，寫在英文手帳裡來增加字彙量吧！

key word

♥星座　horoscope
　·牡羊座 (3/21 ～ 4/19)　Aries
　·金牛座 (4/20 ～ 5/20)　Taurus
　·雙子座 (5/21 ～ 6/21)　Gemini
　·巨蟹座 (6/22 ～ 7/22)　Cancer
　·獅子座 (7/23 ～ 8/22)　Leo
　·處女座 (8/23 ～ 9/22)　Virgo
　·天秤座 (9/23 ～ 10/23)　Libra
　·天蠍座 (10/24 ～ 11/21)　Scorpio
　·射手座 (11/22 ～ 12/21)　Sagittarius
　·摩羯座 (12/22 ～ 1/19)　Capricorn
　·水瓶座 (1/20 ～ 2/18)　Aquarius
　·雙魚座 (2/19 ～ 3/20)　Pisces
♥血型占卜　blood type fortune-telling
♥風水　feng shui
♥運勢　fortune

♥（兩人間的）契合度　chemistry
♥金錢運　luck with money
♥工作運　luck with work
♥健康運　health prediction
♥幸運日　lucky day
♥幸運色　lucky color
♥幸運數字　lucky number
♥幸運物　good-luck charm
♥幸運方位　lucky direction
♥守護石　charmstone
♥能量景點　power spot
♥　　　神社　　　　shrine
♥手相　palmistry
♥塔羅牌 tarot reading
♥戀愛運　luck with love

也可以活用在電視劇喔

電影手帳

key word

★ 作品名稱　**title**

★ 西洋電影　**foreign movie**

★ 上映時間　**running time**

★ 科幻片　**SF(science fiction)**

★ 驚悚片　**horror**

★ 配樂　**music**

★ 導演　**film director**

★ 發行　**distribution**

★ 女主角／男主角　**leading actress ／ actor**

★ 女配角／男配角　**supporting actress ／ actor**

★ 日本電影　**Japanese movie**

★ 愛情片　**love**

★ 喜劇片　**comedy**

★ 懸疑片　**suspense**

★ 動作片　**action**

★ 紀錄片　**documentary**

★ 編劇　**scriptwriter**

平時的手帳裡也寫上英文！

女性手帳

key word

♥ 經期　**period**

♥ 經痛　**cramps**

♥ 量少／普通／量多

　light ／ normal ／ heavy

♥ 煩躁　**irritated**

♥ 膚況　**skin condition**

　· 皮膚發炎　**skin irritation**

　· 油膩肌　**oily skin**

　· 乾燥肌　**dry skin**

♥ 基礎體溫　**BBT**

　　　　　　(basal body temperature)

♥ 排卵日　**ovulation day**

♥ 安全日　**safe day**

♥ 危險日　**risky day**

♥ 服用避孕藥　**take the pill**

♥ 做愛日　**made it**

增加寫英文的小習慣

除了手帳以外，本書列舉的例句也可以使用在日常生活中的各種場合，比方說購物清單等等。光是使用簡單的單字，英文會話能力也會大幅提升喔。

buy • beef
• pork
• onion
• mushroom
• tea
• two tomatoes

Don't forget

食材或化妝品
購物清單也都用英文來寫！

每天的購物清單最適合用來記住生活用品的單字，不用想得太複雜，只要把想買的東西用單字條列出來即可。生活周遭的用品中，有許多都是和製英語組成的單字，查詢英文的正確名稱時，也會有許多新奇的發現。除了本書整理的單字集之外，也可以查詢字典，找到想買的物品名稱。

購物的單字集 → 前往 **P.70**！

CHECK
lotion
eyeliner
shampoo
soap
lipstick

很適合養成每天的習慣！

Sally's comment

物品的個數寫法

英文的 1～10 有時候會寫成 one two three……。雖然在寫手帳或備忘錄的時候，直接在單字的前後標上羅馬數字即可，但拼寫的同時也可以學習到新單字，大家不妨試試。

在名片的背後寫下對對方的印象

這麼做可以提升工作上的人際關係喔。在收到的名片背面或空白處用英文簡單寫下對對方的印象或外觀上的特徵，重要的工作對象一下子就會浮現在腦海中！對人的印象的表現方式也可以活用在英文會話中喔。

對人的印象的表現 ➜ 前往 **P.106**！

職場上就靠這個！

在便條紙上多補一句話

這個方法適合用在留言或文件的交接上。「我不會再犯同樣的錯了！」即「I'll never do it again…」，可用來對同事或朋友淘氣地道歉。平時對周圍的人無法輕易說出口的感謝或想法，用英文來寫的話就可以自然地寫出來了喔。

一句話的情感呈現 ➜ 前往 **P.98**！

need confirmation
「需要確認」，這種簡單的商業英文若還不能自在地活用在會話裡時，就先從書寫開始。

給朋友的禮物！

在感謝卡寫下特別的一句話

「謝謝！哭哭……」等等，可以在禮物補上一句感謝的話。賀卡除了典型的「恭喜」之外，也可再補上一句話。在特殊場合使用的英文特別容易烙印在記憶裡，大家一定要養成習慣喔。

一句話的感謝呈現 ➜ 前往 **P.105**！

可以運用在預定行程上的「時間表現」

用來表現待辦事項的期限或出差的期間！

寫下時間是一件簡單的事，讓人難以拿捏的是期限和期間。尤其是表現截止時間的「～以前」很容易混淆，所以要特別注意。表現「～之後」的英文不是 later 或 after，如果是今後的預定行程的話，一般會使用 in。

> 比方說
> 這種時候

> submit the proposal by tomorrow！
> 明天以前交出企劃書！

到～為止

- [ ] 明天以前　by tomorrow
- [ ] 後天以前　by the day after tomorrow
- [ ] 星期三以前　by Wednesday
- [ ] 中午以前　by noon
- [ ] 明天晚上 7 點以前　by 7:00 pm tomorrow
- [ ] 今天內　some time today
- [ ] 三天以內　within three days
- [ ] 本週內　during this week
- [ ] 月底以前　by the end of this month
- [ ] 下個月上旬以前　by early next month
- [ ] 這個月中旬以前　by the middle of this month
- [ ] 3 月下旬以前　by late March

從～到～

- [ ] 從明天起的五天　from tomorrow to 5th
- [ ] 從星期一到星期五　from Monday to Friday
- [ ] 1 月 5 日～1 月 10 日　from Jan. 5 to 10

～左右

- [ ] 1 月 10 日左右　around January 10th
- [ ] 傍晚左右　early in the evening
- [ ] 中午左右　noonish

～後

- [ ] 一個月後　in one month
- [ ] 半年後　in half a year
- [ ] 五年後　in five years

CHECK 區分令人頭疼的 by 和 until

翻譯成中文的時候，會將 by 翻成「～以前」，將 until 翻成「直到～時」，因為很相似，所以很多人會混淆。by 是期限、截止時間等等，用在「某個時間點以前要完成～」的情況；until 則是用在「到未來的某個時間點前的持續動作」的情況。

例：這週末以前把報告寫完　finish this report by this weekend
　　加班到晚上 12 點　work overtime until midnight

Part 2

寫下現在的心情！
用一句話表現情感

在每天的預定行程旁，用英文補上一句當天的心情或感想。表現情感的英文也可以用於寫訊息給他人，或是日常生活的各種場合上。大膽地使用，用到可以自然地脫口而出吧！

我好高興！	I'm glad!
好耶！	all right!
好期待～／好開心～	can't wait! ／ It was fun!
心情好	great mood
好！好耶！	good!
恭喜！	congrats!
好幸福～	I feel happy!
真幸運♪	lucky ♪
狀態超好	perfect condition
太棒了	excellent
就是這個！	This is it!
好厲害！	great!
耶～♪	yeah ♪
啪啪（拍手）	clap
興奮／期待	wow ／ exciting
讚喔♪	feelin' good ♪
幹得好！	good job!
你好棒！	kudos to you!
做得好！	well done!
呼	relieved
完成了～	finished
告一段落	problem solved
及時趕上	just in time
大成功	success

喜歡

超喜歡！	love ya lots!
愛你！	I love you!
甜蜜蜜	lovey-dovey
愛上他了！	I'm in love!
啾（親）	chu
愛愛（SEX 的暗語）	making L
羞♥	blush ♥
偷笑	chuckle
怦然心跳	pit-a-pat
好害羞喔～	bashful
為你瘋狂	crazy for you
超可愛～♥	super-cute ♥
好酷	cool
感情好	buddy-buddy
贏得他的心	win his heart
理想的	ideal
我的最愛	my favorite

就是 making love 啦。

「我要告白！」
是「I'll tell him I
like him!」。

悲傷、失望

受到打擊……	shocked…
我的天啊！	Oh my gosh!
嗚嗚嗚	boohoo
真衰	tut
唉～	sigh…
難過	sad
悲劇了	tragic
好難受	tough…
糟透了	awful
被罵了	scolded
沮喪	depressed…
灰心	feeling down
失望	disappointed
受挫……	disheartened…
遺憾！	sorry!
我被甩了！	I was dumped!
孤單寂寞	feeling lonely
沒人懂我……	nobody understands me…
誰來救救我	help me
人生好難	life is hard
搞砸了	wrecked

失望也可以用 disappointed 喔。

憤怒、不滿

令人厭惡！	disgusting!
好煩～	annoyed!
糟透了！	terrible!
真令人不爽！	outraged!
氣瘋了	so mad…
我受夠了！	I had enough!
壓力好大	stressful
煩死了	pain in the neck
要吵來吵啊！	bring it on!
不可原諒！	unforgivable!
被擺了一道！	You got me!
浪費我的時間	waste of my time
去做事啦！	You must work!
我討厭你！	I hate you!
渣男／花花公子	womanizer ／ playboy
我好嫉妒……	jealousy…
我要分手！	I'll break up!
莫名其妙	nonsense
好羨慕啊～	envious
假裝沒看到好了	ignore

Pain in the neck 是慣用語喔！

驚訝、害怕

嚇死我了！	surprised!
騙人！	no kidding!
不！	Oh no!!
震驚！	shocked!
不可能！	no way!
真的假的！？	seriously!?
傻眼	total turn-off
目瞪口呆	dumbfounded
怎麼可能……	can't be…
好恐怖！	so scary!!
毛骨悚然	creepy
我要哭了！	about to cry!

焦急

好焦慮～	feeling rushed
忙碌	hectic
手忙腳亂	helter-skelter
忙死了～	sooo busy
呀！	yipe!
緊要關頭！	in a terrible pinch!

糟糕了	**in trouble**
好緊張	**nervous**
有點擔心	**bit worried**
擔心死了	**very worried**
好想遠離這一切……	**wanna get away…**
讓我喘口氣吧！	**Give me a break!**
不妙！	**This is bad!**
冷汗直流	**sweat**
苦笑	**bitter smile**

安慰、鼓勵

別擔心	**Don't worry, be happy**
一定沒問題！	**I'll be fine!**
別在意！	**never mind!**
冷靜一下	**calm down**
順其自然！	**let it be!**
放輕鬆	**take it easy**
忘掉這件事吧！	**Let's forget it!**
堅持下去！	**stick to it!**
關鍵時刻	**do-or-die situation**
做自己	**be yourself**
打起精神來！	**cheer up!**

take it easy
也有「加油」
的意思喔！

吐槽、回應

corny 的意思是「你的笑話太老套了」。

好難笑！	corny!
少來了	C'mon! (come on)
什麼邏輯！？	How come!?
笑死	How funny!
真是的……	whew…
常有的事	classic
不可能……	impossible…
好蠢	silly
喔～	huh
真可惜！	close!
原來如此	I see…
棒極了！	fabulous!
辛苦了！	well done!

確認、了解

檢查	check!
需要確認	need confirmation
需要留意	attention!
你看！	look, look!
問題	question

好的！	It's okay!
就是這樣！	exactly!
我明白了！	I got it!
沒有問題	no problem
贊成！	I agree!
交給我吧	leave it to me
沒有錯！	definitely!
沒辦法！	no way!

感謝

謝謝！	Thanks!
非常感謝！	Thank you very much!
感謝老天！	Thank God!
我感動得要哭了……	I'm moved to tears…
好感動！	I'm moved!
一點小心意	This is a present for you!
託各位的福！	Thanks to everyone!
我真有福氣！	I'm blessed!
不客氣！	You're welcome!
彼此彼此	likewise

likewise 的口語
是指「同樣地」
的意思喔。

抱歉

不好意思！	Excuse me!
對不起！	I'm sorry!
我道歉……	I apologize…
原諒我	forgive me
都是我的錯……	It's my fault…
我想向你道歉！	I wanna say sorry!
我不會再犯同樣的錯了！	I'll never do it again!

wanna 是 want to 的口語表現，傳訊息倒是無妨，但不會用在電子郵件或書信上喔！

人的印象

好帥！	cool!!
帥哥	good-looking guy
時髦	fashionable
有品味	good taste
可愛！	cute!
漂亮	pretty
溫柔	kind
誠實	honest
令人尊敬的	respectable
風趣	funny
伶俐的／聰明的	intelligent ／ smart

充滿自信的	confident
成熟的／孩子氣的	mature ／ childish
樂觀的／悲觀的	positive ／ negative
健談的	talkative
草食系／肉食系	herbivore ／ carnivore
療癒系	soothing
受歡迎的	popular
可靠的	dependable
體貼的	considerate
熱情的／冷淡的	passionate ／ cool
陽剛的／陰柔的	masculine ／ feminine
開朗的／陰鬱的	cheerful ／ gloomy
有個性的	unique
爽朗的	pleasant
老土的	dowdy
有活力的	energetic
頑固的	stubborn
阿宅	nerd

「輕浮的」
是 sleazy。

用英文寫下自我介紹

你說平常根本沒機會寫自我介紹？才沒這回事呢。比方說，Twitter 或 Facebook 這些社群平台，只要用英文寫自我介紹，結交到外國朋友的機會也會變多喔。因為只是社群平台，不需要太拘謹，隨性地寫出來就好了。當然，要留意不要透露過多個人資訊，可以先參考範例，從簡單的一句話開始挑戰！

example 1

Hi, I'm Tomoko.
I'm in my twenties.
I love traveling and eating out!

大家好，我是 Tomoko。
我是一名熱愛旅行和美食的 20 代女孩！

✓ word check

☐ in my twenties　20 代
☐ love eating out　熱愛美食
　　*eating out　外食

 英文的自我介紹一樣會在一開始先說出自己的名字。～代的說法只要將 10、20、30、40 的英文改成複數型態即可，不需要明確地說出實際年齡，這是個很方便的說法，寫成 20's 也可以喔。

example 2

Hi, I'm Hiroshi.
I'm a student at ABC University.
I'm majoring in English literature.
I'm into hiking and camping!

大家好，我是 Hiroshi。
我就讀 ABC 大學，主修為英文文學。
最近非常熱衷於登山與露營！

✓ word check

☐ be majoring in ～　主修～
☐ I'm into ～　熱衷於～

 I'm into ～（熱衷於～）是口語表現，意思是「我有興趣」，除此之外也有 I'm crazy about ～（沉浸），addicted to（沉迷、上癮）等說法，可以依照個人的喜好來使用。

example 3

Hi, I'm Aya. I'm in my early thirties.
I'm an office secretary.
I love Japanese history.
My favorite samurai is Takeda Shingen.
I go out and take pictures of Japanese castles on weekends.

大家好，我是 Aya。
我是一名 30 代前半的辦公室職員。
我熱愛日本歷史。
最喜歡的戰國武士是武田信玄。
我會在每週末去拍攝日本古城。

✓ word check

☐ office secretary　行政人員
☐ My favorite A is B.
　　我最喜歡的 A 是 B。
☐ on weekends　每個週末

 英文不會用 office worker（上班族）來概括自己的工作，而是會具體說出自己的職業。30 代中間的年齡說 in my middle thirties，30 代後半則是將 middle 改成 late。

Part 3

先從簡單的一句話開始
簡易單行日記

接下來將介紹在寫日記時，可以用「一句英文」描述日常生活心情的例句。因為只有一句話，一開始直接照抄就可以了。學會這些片語後，英文會話能力也會提升喔！

戀愛、結婚

* 我和他第一次約會了,好幸福!
  I had a first date with him. I was so happy!

* 我們牽手了!
  I held his hand!

* 我在他家過夜了,超興奮的!
  I stayed over at his place. How exciting!

* 他吻我了!/我們上床了!
  He kissed me! / We made love!

* 今天約會好開心!
  I had a really good date!

* 我想再跟他去旅行一次。
  I wanna take a trip with him again.

* 他送了一只戒指給我!
  He gave me a ring!

* 我會永遠記得這一天的。
  I'll never forget about today.

* 光是在他身邊我就覺得好幸福。
  I feel happy just being next to him.

* 他真的好貼心。
  He is so sweet.

* 他喜歡我做的料理!
  He liked my cooking!

* 我昨晚因為太期待而睡不著。
  I was too excited to sleep last night.

* 這麼幸福真的沒關係嗎？

  It's too good to be true !?

* 今天聯誼遇到了不錯的對象。

  I met a cool guy at the mixer.

* 今天聯誼沒遇到什麼不錯的對象。

  I didn't meet any cool guy at the mixer.

* Tomoko 把我介紹給她的朋友認識。

  Tomoko introduced me to her friend.

* 我對他滿有好感的。

  I think I like him.

* 我寄電子郵件給 Hiroshi 了。

  I emailed Hiroshi.

* 不曉得他有沒有女朋友呢？

  Does he have a girlfriend?

* 我對他一見鍾情了♥

  I had a crush on him ♥

* 我拿到他的電子信箱了！

  I got his email address!

* 我想知道他的電話號碼！

  I wanna know his phone number!

Sally's comment

表現約會的方式，除了用 date 以外還有別的嗎？

若不使用 date 這個單字，也可以用 We go out.（我們一起出去）或 He takes me out.（他帶我出門）等等，和戀人一起出門就表示約會。如果是寫日記，動詞就要用過去式。

戀愛、結婚

* 我好想再見他一面。
  I wanna see him again.

* 他向我告白了。
  He told me he likes me.

* 我向他告白了。
  I told him I like him.

* 我們兩個相處起來感覺真好／真糟！
  There is a good ／ bad chemistry between us!

* 我愛上他了。
  I fell in love with him.

* 我偶然遇見了前男友。
  I bumped into my ex-boyfriend.

* 好想復合。
  I wanna get back together again.

* 我要跟他分手！
  I wanna break up with him!

* 我跟男友吵架了……
  I had a fight with my boyfriend…

* 我錯愕得哭出來了！
  I cried because I was shocked!

* 想到就生氣！
  I get angry when I remember that!

✱ 我不知道他是怎麼想的。
I don't know how he feels.

✱ 希望我們兩個快點和好。
I hope I can kiss and make up.

✱ 他最近好冷淡。
He has been cold to me.

✱ 他出軌了！我絕對不會原諒他！
He cheated on me! I'll never forgive him!

✱ 我跟他分手了。
I broke up with him.

✱ 我會努力找到我未來的老公！
I'll try my best to find my future husband!

✱ 我參加了相親派對。
I went to a matchmaking party.

✱ 我有新男友了！
I got a new boyfriend!

✱ 我當然想嫁給他呀！
I definitely wanna marry him!

✱ 耶！他向我求婚了！
Yes! He asked me to get married!

✱ 見到他父母的時候，我好緊張。
I was nervous when I saw his parents.

✱ 距離婚禮還有三天。
My wedding is going to be in 3 days.

這裡的介系詞「in」是表示幾天後的意思。

工作

* 我很努力工作了！
  I worked hard!

* 今天超忙的！
  I was sooo busy today!

* 今天好漫長啊！
  I had such a long day!

* 加班好累啊。
  I'm so tired from working overtime.

* 工作很順遂！我好開心！
  My work went well! I'm happy!

* 我喝了啤酒♪
  I enjoyed drinking beer♪

* 最近的我幹勁十足！
  I've been so energetic these days!

直接回家是
go straight
home 喔。

* 好長的會議啊！
  It was such a long meeting!

* 我可以直接去工作，真幸運。
  I'm lucky that I can go straight to work.

* 因為要出差，所以特別早起！
  I woke up early to go on a business trip!

* 我在會議上的報告很順利！
  My presentation at the meeting went well!

* 上司誇獎我了！
  My boss praised me!

✳ 我的企劃案通過了！
   My business proposal was accepted!

✳ 我簽到合約了！
   I got the contract!

✳ 我搞定商談了！
   I closed the business deal!

✳ 發薪日！
   My payday!

✳ 我拿到獎金了！
   I got a bonus!

✳ 我做到了！我升職啦！
   I did it! I got a raise!

✳ 被上司罵了⋯⋯
   My boss scolded me…

✳ 我今天遲到了。
   I was late at the office today.

✳ 我在工作上失誤了，好灰心。
   I made a mistake. I'm feeling down.

✳ 一切順利！前輩解救了我！
   It went well! My older coworker saved me.

Sally's comment

流暢地使用 such ♪

在強調「真是個○○○」的時候，可以試著用「such」喔！

例：It was such a busy day. → 今天真是個忙碌的一天。

That was such a good idea! → 真是個好主意！

He's such a nice guy. → 他真是個好人。

工作

✱ 後輩又給我捅婁子了。

My younger coworker gave me trouble after he goofed up.

✱ 我被上司拖累了。

I got involved in my boss's trouble.

✱ 我會好好反省自己。

I'll take a good, hard look at myself.

✱ 我沒有辦法專注在工作上！

I can't concentrate on my work!

✱ 雖然很辛苦，但也獲得了寶貴的經驗。

I had a tough but good experience.

✱ 董事長的一番話給了我很大的啟發。

I was impressed by the president's words.

✱ 今天的培訓課程受益良多！

I learned a lot from this training session!

✱ 上台簡報的時候，我好緊張。

I was nervous at the presentation.

✱ 我協助了發表會。

I helped the presentation.

✱ 我熱愛我的工作！

I really enjoy my work!

✱ 我的工作好無聊……

My work is so boring…

「TGIF」是 Thank God It's Friday（星期五來啦！）的縮寫。

* 老實說，我討厭我的工作。
  To be honest, I hate my work.

* 他／她真不會看氣氛。
  He/She is inconsiderate.

* 我被工作追著跑。
  I'm up to my ears in work.

* 那個大獲好評！
  That was a good one!

* 我真的搞不懂。
  I just don't get it.

* 他是電腦迷。
  He's a computer nerd.

* 價錢不是問題。
  Price is no object.

* 我應該換工作嗎？
  Should I change my job?

CV 是履歷表
curriculum vitae
的縮寫喔。

* 我需要寫一份履歷。
  I have to write a CV.

* 我找到新工作了！
  I got a new job!

英文是「白目」的語言

這裡的「白目」指的是不會看氣氛的意思，雖然可以說是 inconsiderate，但又跟這個字直譯的意思有些不同。英語系國家的人基本上都是「不會看氣氛」的，因為他們習慣用言語來理解彼此的想法，並直接說 YES 或 NO 來表達意見。

交友

* 朋友願意聽我說。

  I got my friend to listen.

* 和朋友聊過以後舒服多了。

  I feel better after talking with my friends.

* 女孩聚會氣氛超級活絡！

  Girls' night out got into full swing!

* 我在酒聚上玩得很盡興！

  I enjoyed the drinking party!

* 我想跟這群人再去唱歌一次。

  I wanna do karaoke with them again.

* 我在同學會遇到了 Hiromi。

  I saw Hiromi at the class reunion.

* 我們聊了一整晚

  We talked & talked all night long.

gonna 是 going to 的口語說法，千萬不要用在郵件或書信上。

* 我要大唱特唱！

  I'm gonna sing a lot!

* 我喝／吃太多了！

  I drank ／ ate too much!

* 我和 Kenji 去吃了午餐／晚餐，很好吃！

  I went out for lunch ／ dinner with Kenji, and it was great!

* 我跟我朋友在電話裡聊了好久。

  I talked with my friend on the phone for a long time.

* 我也想跟我的朋友們一起去旅行！

  I would love to travel with my friends!

✽ 她真幸運！
   She is so lucky!

✽ 我很慶幸有這群朋友。
   I am grateful to my friends.

✽ 我的朋友幾乎沒有什麼變化。
   My friends haven't changed a bit.

✽ 我的朋友們都很努力。
   All my friends work so hard.

✽ 同事鼓勵我好好加油。
   My coworkers encouraged me to go for it.

✽ 擁有女性／男性友人是一件很棒的事。
   It's good to have female ／ male friends.

✽ 你是我一生的摯友！
   You're my friends for life!

✽ 我想跟 Mari 做朋友。
   I wanna be friends with Mari.

✽ 看到她很幸福，我也會覺得很幸福！
   When she is happy, I feel happy, too!

✽ 老實說，我覺得他有點煩……
   To be honest, he is a big pain in the neck⋯

Sally's comment

在英文中，「大家」的表現方式更具體！

日文中常用「大家」來表現一個群體，雖然英文可以使用稍微抽象的 everybody，但聽起來會有點不自然。英文母語者所使用的「大家」是已經想到了特定人物，所以會具體說出朋友們（my friends）、同事們（coworkers），這樣的表現方式會更好！

美容

＊ 今天的妝感不錯／很糟。

I put on makeup well ╱ badly.

＊ 好介意臉上的痘痘／面皰。

I'm concerned about my pimples ╱ rash.

＊ 我想讓毛孔縮小！

I wanna make my pores smaller!

＊ 我想用點東西遮蓋暗沉的肌膚。

I want to conceal my blotches with something.

＊ 最近我的膚況不錯／很糟。

My skin condition has been good ╱ bad lately.

＊ 新化妝品手感很好♪

New cosmetics go well ♪

很嚴重的晒傷
是 sunburn 喔。

＊ 我晒傷了。

I got a suntan.

＊ 我的髮尾都分岔了。

I have hairs with split ends.

＊ 我換了個很棒的新髮型。／我的新髮型不怎麼樣。

I got ╱ didn't get a nice hairstyle.

＊ 剪完頭髮以後，我覺得煥然一新。

I feel so refreshed after getting a haircut!

＊ 我喜歡我的新造型！

I love my new look!

✱ 我要除毛。

I'm gonna remove my hair.

✱ 我最近好像胖了／瘦了！？

I think I've gained ／ lost weight lately !?

✱ 這條褲子的腰圍不合身。

My jeans don't fit me around the waist.

✱ 明天開始我要減肥！

I'll go on a diet from tomorrow!

✱ 我胖了／瘦了三公斤！

I've gained ／ lost 3 kilos!

✱ 我正在減肥，進行得很順利！

I'm on a diet and I've lost weight!

✱ 不小心吃太多了……

I ate carelessly…

✱ 我今天偷懶沒運動了。

I skipped my daily exercise.

✱ 體重老是減不下來。

It's hard to lose weight.

✱ 我快要達到目標了！

I'll achieve my goal soon!

✱ 努力不要復胖！

Try not to put on weight again!!

✱ 我做了一些運動／瑜伽，滿身大汗！

I did some exercises ／ yoga. I sweated a lot!

讀書、學習

✳ 我已經盡全力考試了！
I did my best on the exam!

✳ 所有考試都結束了！
I finished all the exams!

✳ 這次考試我表現得不錯！
I did well on the exam!

✳ 好耶！我過了（及格了）！
Hooray! I passed!

no picnic 就是「很難！」的意思喔。

✳ 題目很難啊。
It was on picnic.

✳ 我無法專心！
I can't concentrate!

✳ 我得認真讀書才行！
I've got to study hard!

✳ 這次考試我表現得不好。
I didn't do well on the exam.

✳ 我應該更努力準備考試的。
I should've prepared for the exam.

✳ 我打擊好大……我不及格。
I'm shocked… I failed the exam.

✳ 我今天上了英文課。
I had an English lesson.

✳ 今天的課很有趣！

I enjoyed today's lesson!

✳ 我覺得我進步了。

I think I'm getting better.

✳ 我覺得我沒有進步⋯⋯

I don't think I've improved⋯

✳ 希望我的鋼琴越彈越好。

I wanna improve my piano skill soon.

✳ 上禮儀學院對我來說是有助益的！

Going to etiquette school is good for me!

✳ 我應該更認真地練習！

I've got to practice more seriously!

✳ 我要復習／預習英文課。

I'll review ／ prepare for my English lesson.

✳ 我要努力考取證照。

I'll study to get a qualification.

✳ 檢定就在三天後！

My exam is going to be in 3 days!

✳ 我忘記報名檢定了！

I forgot to apply for the exam!

Sally's comment

「出乎意料地簡單」要怎麼說？

英文中會使用比較級，說「It was easier than I thought.」，直譯就是「比想像中還簡單」。
反之，「比想像中還難」的英文就是「It was more difficult than I thought.」。順帶一提，
「difficult」的比較級不能在字尾加上「er」，要改寫成「more difficult」。

日常生活

* 我今天很早起！
  I woke up early today!

* 我睡過頭了！
  I overslept!

* 我沒吃早餐／午餐。
  I skipped breakfast ／ lunch.

* 可以吃到這麼好吃的東西，我真幸福。
  I was so happy to eat such great food.

* 我買到了很划算的東西！
  It was a good bargain!

* 我手頭拮据！
  I feel the pinch!

* 雖然沒什麼特別的事，但我今天很開心。
  I had a good day without reason.

* 真是幸運的一天！
  It was a lucky day!

* 真是倒霉的一天……
  I had a bad day…

* 真是悠閒的一天。
  It was an uneventful day.

* 真是充實的一天。
  It was a productive day.

* 我今天要大哭一場。
  I'm gonna cry my heart out today.

✴ 我有精神了。
   I'm energized.

✴ 感謝天，我有個很美好的一天。
   Thank god, I had a good day.

✴ 好好地度過空閒時間後，我有精神多了！
   I enjoyed my spare time and energized myself!

✴ 我看了一本書，笑到不能自已。
   I read a book and laughed a lot.

✴ 有一部電影／電視劇讓我好感動。
   I was moved by the movie ／ drama.

✴ 一趟旅程讓我恢復精力。
   I took a vacation to refresh myself.

✴ 我終於更新我的網誌啦！
   I finally updated my blog!

✴ 我泡了個澡，充分放鬆。
   I took a bath and relaxed.

✴ 日子變得好漫長／短暫。
   The days are getting longer ／ shorter.

✴ 星星在夜空中閃耀。
   The stars were shining in the sky.

Sally's comment

星星要用「The stars」的複數型態！

在描述夜空裡閃耀的星星時，使用的是有「s」的複數型態 stars，所以 be 動詞要使用 are 或 were。月亮（the moon）、夕陽（the sunset）、彩虹（the rainbow）則是單數，所以 be 動詞要使用 is 或 was。
例如，說「那道彩虹很美」的時候，我們會說 The rainbow was beautiful.。

快快樂樂學英文
莎莉式的三大法則

英文是一種語言，一種溝通交流的工具。日常生活中能使用英文的話，旅行就會變得一百倍有趣，工作的領域也能逐漸拓展。不要把學英文當作讀書，把英文變有趣的莎莉式三大法則如下！

rule 1

在日常生活中使用英文

英文就是「為了使用而存在的」。平時只有到國外旅遊或商業場合才用得到英文，所以培養用英文寫手帳或備忘錄的習慣，即是很大的一步。除此之外，也可以用在寫簡訊、推特或臉書的時候，總而言之，主動增加自己「使用英文的習慣」吧。

實踐！ 「這個用英文怎麼說？」把日常生活中不起眼的細節通通變成英文。可以使用本書的單字集或手機裡的字典 APP 查詢單字，寫下來、記下來，再發出聲音唸出來。

rule 2

用 I&F 來結合嗜好與英文

捨棄「英文＝讀書」的觀念，更重要的關鍵是「I&F」，Interesting（有趣）和 Fun（好玩），試著把自己喜歡的東西和英文結合在一起吧。我是從看電影的興趣開始第一步的，興趣和期待是學習的最佳動力，好好發揮這份雀躍感吧！

實踐！ 「讀寫＋聽」的組合是學英文的最佳方式。看西洋電影的時候，可以一邊看英文字幕，一邊聽。寫在手帳上的英文也可以唸出聲音來，甚至把聲音錄下來也很好。

rule 3

維持初衷，重視基礎

沒有穩健的基礎是建造不出穩固的城牆。體會到用英文寫手帳的樂趣以後，務必要回頭確認國中學習到的基本文法。「have, get, take, make」等等基本動詞其實也時常出現在日常會話裡。打好扎實的基礎，建造你自己的英文 castle（城堡）吧！

實踐！ 找一本國中程度的文法書或練習題，再好好復習一次吧。如果有附 CD 的話，還能再增強聽力能力喔。

以手帳為契機，立即實踐！

Part 4

打造實現夢想的手帳！

提升動力 & 目標清單

每天都在手帳上用英文寫下鼓勵自己的句子、目標或夢想吧。為了能夠實現，我將傳授莎莉流的寫法。最重要的是，目標或夢想要反覆書寫，若能唸出聲音來是再好不過了！

勉勵自己的一句話

* 衝啊！　　　　　　　Go for it!

* 我會辦到的！　　　　I'll do it!

* 加油！　　　　　　　Good luck!

* 我可以的！　　　　　I can do it!

* 做就對了！　　　　　Just do it!

* 先做再說！　　　　　Let's start!

* 先試試看！　　　　　Let's try!

* 別害怕犯錯！　　　　Don't be afraid to make a mistake!

* 一切都會好好的。　　Everything is going to be all right.

* 做我自己！　　　　　Just be myself!

* 我為自己感到驕傲！　I'm proud of myself!

* 小事一樁！　　　　　It's not a big deal!

* 一步一腳印。　　　　Step by step.

* 這樣很好！　　　　　That's ok!

* 放輕鬆！　　　　　　Relax!

* 別緊張！　　　　　　Take it easy!

* 按照自己的步調來！　Do things at my own pace!

* 一定會有成果的。　　The results will be good.

* 明天又是嶄新的一天！Tomorrow is another day!

日文中常用的「my pace」（マイペース）是和製英語，英文裡的正確說法是 my own pace 喔。

* 相信自己！ Believe in myself!

* 改變自己！ Change myself!

* 戰勝自己！ Overcome myself!

* 增進自己！ Improve myself!

「終點就在眼前」
是「The goal is
right there!」。

* 盡我所能！ Do my best!

* 全力以赴！ I'll go all out to do it!

* 堅持不懈！ Stick to it!

* 欲速則不達。 Don't rush to get the result.

* 現在是關鍵時刻。 Now is the critical moment.

* 從失敗中學習！ Learn from my failure!

* 別想得太複雜！ Think simple!

* 時候到了！ Time has come!

* 別擔心！ Don't worry!

* 莫回首！ Never look back!

* 努力一定會有回報。 My efforts will be rewarded.

* 永不放棄！ Never give up!

* 再接再厲！ Keep on going!

* 放棄非難事。 It's easy to quit.

* 失敗為成功之母。 Hardship is the mother of good luck.

戀愛、結婚目標

＊ 我要交到男朋友。
  I'll have a boyfriend.

＊ 我要鼓起勇氣向他告白。
  I'll get the courage to tell him I like him.

＊ 我要和他去約會。
  I'll go on a date with him.

＊ 我要和他去夏威夷旅行。
  I'll go to Hawaii with him.

＊ 我要和他同居。
  I'll live with him.

無法單憑自己的意志實現的事情就用「will」來表示「我要○○」吧！

＊ 我會對他更好。
  I'll be nicer to him.

＊ 我相信我一定可以成為名人之妻。
  I'm sure I can be a celebrity's wife.

＊ 我會向他求婚。
  I'll propose to him.

＊ 我要嫁給溫柔／風趣的人。
  I'll marry a kind ／ funny guy.

＊ 我要和興趣相投的人結婚。
  I'll marry someone who has the same taste.

＊ 衝啊！我一結婚就要辭職！
  Go for it! I'll quit my job when I get married.

✱ 我要增加邂逅的機會。

I'll go out and meet someone new.

✱ 我要去聯誼尋找好對象。

I'll go to mixer parties to find a nice guy.

✱ 我要找到我的真命天子。

I'll get Mr. Right.

✱ 我要去相親。

I'm gonna a marrlage meeting.

✱ 今年我一定要結婚。

I'll get married THIS YEAR.

可以將「THIS YEAR」全部寫成大寫，來強調「今年」！

✱ 我要當個全職家庭主婦。

I'll be a full-time homemaker.

✱ 我和前任要復合了。

My ex and I'll get back together.

✱ 我們這次一定會分手。

We will break up this time.

如果對異性使用「be interested in ～」

be interested in ～雖然有「對～有興趣」的意思，但對異性使用的時候，會變成「對對方有好感」。

例：我對他有好感　I'm interested in him.

　　讓他對我有興趣　He'll be interested in me.

順帶一提，He is interesting. 是代表「他是個令人感興趣的（有趣的）人」。

工作目標

* 我要挑戰新工作。
  I'll start a new job.

* 我要升遷了。
  I'll be promoted.

* 我要當上主管了。 職稱的單字 ▶P.56
  I'll be the chief.

* 我將調到人事部。 部門的單字 ▶P.56
  I'll move to the personnel department.

* 我會在三月前轉職。
  I'll change jobs by March.

* 我將成為正式員工。
  I'll become a full-time employee.

* 我會在三十歲之前獨立（創業）。
  I'll start my own business before 30.

* 我會拿到十個新合約／客戶／訂單。
  I'll get ten new contracts ／ clients ／ order.

* 我會讓銷售額突破一百萬日圓！
  I'll sell more than one million yen!

* 我要打造一個暢銷商品。
  I'll create a hit product.

* 我會讓我的簡報／專案成功的。
  I'll make my presentation ／ project a success.

在特定月份大幅提升幹勁的「業務（販售）強化月」，我們寫作「I'll improve sales performance this month.」。

* 我要拿到董事長獎／新人獎。

I'll get the president's ／ new face award.

* 我會學習商業禮儀。

I'll acquire business manners.

* 我會學習電腦／銷售／服務的技巧。

I'll acquire PC ／ sales ／ customer service skills.

* 我會鑽研市場行銷。

I'll study marketing.

* 我會研究競爭公司的新商品。

I'll check the new product of the rival company.

* 我要成為部門內／公司內／業界內／全世界的第一。

I'll be No.1 in the department ／ company ／ industry ／ world.

* 我會在早上八點上班。

I'll get to the office at 8:00 am.

* 我不加班。

I won't work overtime.

* 我會嚴守截止時間（期限）。

I'll meet the deadline.

* 我會寫十個企劃案。

I'll write ten proposals.

* 我在會議上會更積極發言。

I'll speak more at meetings.

在公司裡，I'll make some good tea（我去倒杯好喝的茶）也是讓工作更順遂的祕訣之一喔！

工作目標

* 我要工作得更有效率。
  I'll work efficiently.

* 事前準備我會很謹慎。
  I'll make careful preparations.

* 我會認真做雜務。
  I'll perform odd jobs.

* 我會發揮超越我的薪水的工作表現。
  I'll work more than I get paid.

* 我會謹慎工作。
  I'll work carefully.

* 我會確保沒有遺漏任何細節。
  I'll make sure I won't miss anything.

* 我會明確地陳述自己的意見。
  I'll express my opinion clearly.

* 我會立刻寫感謝函。
  I'll write a thank-you note promptly.

* 我會建立起與其他部門／客戶之間的信賴關係。
  I'll establish a good relationship with people in other departments ／ my clients.

* 我會做好隔天的準備再離開公司。
  I'll prepare for the next day before I leave the office.

* 我會有禮地說話。
  I'll speak in a polite way.

在商業情境裡，寫感謝函是很重要的事，所以要盡速（promptly）進行！

✱ 團隊合作是第一優先。

Teamwork comes first.

✱ 我會盡全力工作！

I'll work to the full!

✱ 我不會無緣無故休假。

I won't take a day off without good reason.

✱ 我要一直面帶笑容上班。

I'll always go to the office happily.

✱ 我要考取簿記檢定三級。

I'll get a Boki 3rd grade qualification. ＊編按：日本簿記檢定相當於台灣的會計師檢定。

Sally's comment

目標職業要明確！

即使現在還只是夢想，但將目標職業明確寫出來，例如「我要成為 ▇▇▇▇ ！」就是實現的第一步。英文會寫作「I'll be a/an ▇▇▇▇ ！」，只要在 ▇▇▇▇ 裡填入職業類別即可。寫在會常常看見的地方，增加自己的想像！

此外，歐美並沒有日本的檢定文化，所以像是「我要考取 ▇▇▇▇ 證照」這種目標通常會直接填入職業名稱，例如醫療行政人員（medical administrator）或芳療師（aromatherapist）等等，「我要成為 ▇▇▇▇ 」、「我要做 ▇▇▇▇ 的相關工作」，一樣用 I'll be a/an ▇▇▇▇ 來表達就會很自然。

表示職業的單字範例

咖啡店店長　café owner	技師　artisan
藝術家　artist	講師　instructor
設計師　designer	專家　specialist
作家　writer	料理專家　cooking expert
音樂家　musician	室內設計師　interior coordinator
插畫家　illustrator	行政書士　administrative scrivener ＊日本特有職業
男演員／女演員　actor ／ actress	理財規劃師　FP（financial planner）
模特兒　model	編輯　editor

金錢目標

✳ 我要在一年內存到一百萬元。
  I'll save one million dollars in one year.

✳ 我要在十二月之前存到十萬元。
  I'll save one hundred thousand dollars by December.

✳ 我要在三十歲之前存到三百萬元。
  I'll save three million dollars before 30.

✳ 我要存一百萬元作為結婚基金。
  I'll save one million dollars for my wedding.

✳ 我要存三百萬元來買房。
  I'll save three million dollars to buy a home.

✳ 在三十五歲以前，我的年收入要破一百萬元。
  I'll make one million dollars a year before 35.

✳ 年薪提升一百萬元！
  I'll get an annual salary increase of one million dollars!

✳ 我要靠興趣維生。
  I'll make money doing something I love.

✳ 我要從事副業並月收三十萬元。
  I'll make extra money; monthly income 300,000 dollars.

✳ 我要寫家計簿。
  I'll keep household accounts.

✳ 每個月存一萬元。
  Every month, I'll save 10,000 dollars.

一百萬日圓是 one million yen，如果不知道英文的話，用數字標示 ¥1,000,000 也可以！

＊ 這個月的家庭預算有三萬元。

Household budget; this month 30,000 dollars.

＊ 我要節省兩成的餐費／交際費。（其他費用的單字 ▶P.89）

I'll cut food ／ entertainment expenses by 20%.

＊ 我要在年底前把借款還完。（時間的表現 ▶P.96）

I'll pay off my debt by the end of this year.

＊ 我要在四十歲之前把貸款還完。

I'll pay off the loan before 40.

＊ 我每個月要寄三萬元的孝親費給父母。

I'll send 30,000 dollars a month to my parents.

＊ 我每個月要撥五千元做定期存款。

Installment savings; 5,000 dollars a month.

＊ 我投資股票／信託。

I'll make money in the stock market ／ investment trust.

＊ 我要重新檢視人壽保險。

I'll review the amount spent on life insurance.

＊ 我不會再浪費錢了。

I won't waste my money.

＊ 我不會再刷信用卡了。

I won't use my credit cards.

＊ 我要開始用五十元硬幣存錢。

I'll save 50-dollars coins.

健康、美容目標

✳ 我要天天早上六點起床。
I'll wake up at 6:00 am every morning.

✳ 我要每晚在十二點以前就寢。
I'll go to bed before midnight every night.

✳ 我要注意飲食。
I'll be careful what to eat.

✳ 我要接受身體健康檢查。
I'll have a medical examination.

✳ 這次我一定要減肥成功。
I'll succeed in losing weight this time.

✳ 我要提升自己的女性魅力。
I'll improve my feminine power.

✳ 在三月之前，我要瘦下五公斤。
I'll lose 5 kilos BY MARCH.

✳ 我的腰圍要減到六十公分。
My waist will be 60 cm.

✳ 我要瘦到可以穿下 S 號的衣服。
I'll wear size S.

✳ 我每天要撥十分鐘運動／做瑜伽。
I'll do exercises ／ yoga for ten min. per day.

✳ 我每天要做一百個仰臥起坐／深蹲。
I'll do 100 sit-ups ／ squats per day.

抱持著「三月之前！」的氣勢，將 BY MARCH 都寫成大寫！

＊ 我一天要慢跑／快走五公里。

I'll go jogging ／ walking for 5 km per day.

＊ 我要在睡前做伸展。

I'll do a stretch before going to bed.

＊ 我要常走樓梯。

I'll use the stairs.

＊ 我要將一天的飲食限制在一千六百大卡以內。

I'll reduce caloric intake to 1600 kilocalories per day.

＊ 我不會在晚上八點過後進食。

I won't eat after 8:00 pm.

＊ 我不會再吃任何零食。

I'll never eat any snack.

＊ 我會好好保養皮膚／頭髮。

I'll take care of my skin ／ hair.

＊ 我會記得要做美白保養。

I won't forget to apply skin-whitening cosmetics.

＊ 我會天天泡澡。

I'll take a bath every day.

Sally's comment

「減肥」不是「diet」

日文中會直接用「diet」來表現減肥的意思，但英文裡的 diet 指的是「日常生活的飲食」或「節食」，並沒有「減肥」的意思。比方說，vegetable diet 指的是「素食」、meat diet 指的是「葷食」。要表現「減肥」的意思時，會用 I go on a diet. 或 I'm on a diet.。

讀書、學習目標

✳ 我要考上大學／國中／高中。
I'll get into university, college ／ junior high school ／ high school.

✳ 我要在考試／模擬考拿超過八十分。
I'll get above 80 on the exam ／ mock exam.

✳ 我要去舞蹈教室。
I'll go to dance school.

✳ 我每天會花一個小時學英文。
I'll study English for one hour every day.

✳ 我每天會寫三頁練習題。
I'll finish 3 pages of my workbook per day.

✳ 我會讀完一本參考書。
I'll finish studying a reference book.

✳ 我每天會記住十個單字。
I'll memorize 10 words per day.

✳ 我會鑽研基礎英文文法。
I'll master basic English grammar.

「上英文課」是「I'll take English lessons.」喔。

✳ 我會收看《基礎英文》的節目。
I'll watch Kisoeigo.

✳ 我會收聽《基礎英文》的節目。
I'll listen to Kisoeigo.

✳ 我要在 TOEIC 考超過八百分。
I'll score over 800 on TOEIC.

✲ 我要考過 STEP 測驗／漢字檢定。

  I'll pass STEP ／ Kanji kentei pre-1st grade.

✲ 我要用英文發推特／臉書。

  I'll write in English on Twitter ／ Facebook.

✲ 我要交到一些外國朋友。

  I'll make some foreign friends.

✲ 我會大聲唸出英文手帳的內容。

  I'll read aloud English sentences in my notebook.

✲ 我會每天用英文寫日記。

  I'll keep my diary in English every day.

✲ 我會每天閱讀英文報紙。

  I'll read an English newspaper every day.

✲ 我會閱讀平裝書。

  I'll read paperbacks.

Sally's comment

盡興的人生少不了挑戰！

「挑戰」新事物的時候，會有各式各樣嶄新的發現和靈感，「挑戰」是豐富人生、自我成長不可或缺的要素。期許自己時時刻刻保持 TRY（嘗試）的心情，用寫備忘錄的輕鬆感，在 ▇▇▇▇▇ 裡填入想嘗試的事物來振奮精神吧！

挑戰 ▇▇▇▇▇   try ▇▇▇▇

挑戰事物的範例

馬拉松	marathon	衝浪	surfing
登富士山	Mt. Fuji climbing	鋼琴	piano
水肺潛水	scuba diving	小提琴	violin

生活態度目標

* 我每個月要讀十本書。
  I'll read ten books per month.

* 我每年要去國外旅遊三次。
  I'll go abroad three times a year.

* 我每年至少要去一次溫泉旅行。
  I'll go to hot springs at least once a year.

* 我要去夏威夷旅行。
  I'll take a trip to Hawaii.

* 我要環遊世界／日本一周。
  I'll take a trip around the world ／ Japan.

* 我要自己去旅行／住。
  I'll travel ／ live by myself.

* 我的烹飪技術要更好。
  I'll be a good cook.

* 我要寫小說／自傳／散文／詩／俳句。
  I'll write a novel ／ autobiography ／ essay ／ poetry ／ Haiku.

* 我會每天更新網誌。
  I'll update my blog every day.

* 我要買房／透天厝／公寓。
  I'll buy a home ／ house ／ condominium.

英文的獨棟透天厝是 house，分層公寓是 condominium。另外，英文裡的 mansion 指的是別墅，要特別注意喔！

* 我今年內會搬家。
  I'll move to a new place within the year.

✲ 我要磨練自己。

I'll improve myself more.

✲ 我要讓自己看起來更有魅力。

I'll make myself look more attractive.

✲ 我要讓自己的談吐更優雅。

I'll speak elegantly.

✲ 我要獨立。

I'll be independent.

✲ 我要對他人友善。

I'll be kind to people.

✲ 我要體貼每一個人。

I'll be thoughtful to everyone.

✲ 我要無時無刻不保持笑容。

I'll always have a smile on my face.

✲ 我要成為適合穿和服的人。

I'll be a person who looks good in Kimono.

✲ 我要空出獨處的時間。

I'll make time for myself.

Sally's comment

擁有對 Goal 的構想！

目標越具體、越明確，也就越有機會達成。先在腦海裡描繪出「最後我要達成這個！」的構想吧。Goal 的前兩個字母是 Go，先有構想，接著就能朝著 Goal 前進。《聖經》裡也提過：「Where there is no vision, the people perish.」，意思是「沒有遠見卓識之處，人類必定滅亡。」

英文格言、名言集

下面將介紹一些令人想動筆寫在夢想手帳上，鼓舞人心、充滿正能量的格言與名言。直接設定為自己的目標也不錯呢！

**No pain,
no gain.**

一分耕耘，一分收穫。

Laugh and be fat.

笑口常開福自來。

*Practice
makes perfect.*

熟能生巧。

*The greatest risk is
standing still.*

人生最大的冒險就是不去冒險。

Never put off till
tomorrow what
you can do today.

今日事，今日畢。

**"One of these days" is
none of these days.**

我生待明日，萬事成蹉跎。

Slow and steady wins the race.

沉著穩健者勝。

Many a little makes a mickle.

積少成多，聚沙成塔。

Failure teaches success.

失敗為成功之母。

Actions speak louder than words.

坐而言不如起而行。

Friends are the sunshine of life.

朋友宛如生命中的陽光。

Happiness is good health and a bad memory.

幸福是良好的健康
加上糟糕的記性。

I like the dreams
of the future better than
the history of the past.

我不緬懷過去的歷史，而致力於未來的夢想。

**All happiness
is in the mind.**

快樂在你心中。

Continuity is
the father
of success.

堅持為成功之父。

The purpose
of life is a life
of purpose.

人生的意義就是
活出有意義的人生。

Success is doing, not
wishing.

成功是身體力行而非心中祈願。

All things are
difficult before
they are easy.

萬事起頭難。

單字索引（依筆畫排序）

以下整理出本書 Part 1 介紹的英文單字和常用字彙，依照筆畫順序排列。想知道的單字就在這裡查吧！

Easy 輕鬆學　輕鬆學系列 031

每天 **3** 分鐘，寫手帳練出好英文：
從單字到短句，天天記錄生活，跨出英文寫作第一步！
英語で手帳を書こう

作　　者	神林莎莉
譯　　者	林以庭
總 編 輯	何玉美
責任編輯	陳如翎
封面設計	張天薪
內文排版	theBAND・變設計— Ada

出版發行	采實文化事業股份有限公司
行銷企劃	陳佩宜・黃于庭・馮羿勳
業務發行	盧金城・張世明・林踏欣・林坤蓉・王貞玉
國際版權	王俐雯・林冠妤
印務採購	曾玉霞
會計行政	王雅蕙・李韶婉
法律顧問	第一國際法律事務所　余淑杏律師
電子信箱	acme@acmebook.com.tw
采實官網	www.acmebook.com.tw
采實臉書	www.facebook.com/acmebook01

Ｉ Ｓ Ｂ Ｎ	978-957-8950-71-9
定　　價	320 元
初版一刷	2018 年 12 月
劃撥帳號	50148859
劃撥戶名	采實文化事業股份有限公司
	104 臺北市中山區建國北路二段 92 號 9 樓
	電話：(02)2518-5198　傳真：(02)2518-2098

國家圖書館出版品預行編目資料

每天3分鐘,寫手帳練出好英文：從單字到短句,天天記錄生活,
跨出英文寫作第一步！/ 神林莎莉作；林以庭譯.
-- 初版 . -- 臺北市：采實文化，2018.12
160 面；17*23 公分 . -- (輕鬆學；31)
譯自：英語で手帳を書こう
ISBN 978-957-8950-71-9(平裝)

1. 英語 2. 學習方法
805.1　　　　　　　　　　　　　　　　　107018219

每天3分鐘，寫手帳練出好英文

讀者資料（本資料只供出版社內部建檔及寄送必要書訊使用）：

1. 姓名：
2. 性別：□男　□女
3. 出生年月日：民國　　　　年　　　　月　　　　日（年齡：　　　　歲）
4. 教育程度：□大學以上　□大學　□專科　□高中（職）　□國中　□國小以下（含國小）
5. 聯絡地址：
6. 聯絡電話：
7. 電子郵件信箱：
8. 是否願意收到出版物相關資料：□願意　□不願意

購書資訊：

1. 您在哪裡購買本書？□金石堂（含金石堂網路書店）　□誠品　□何嘉仁　□博客來
   □墊腳石　□其他：＿＿＿＿＿＿＿＿＿＿＿＿＿＿＿（請寫書店名稱）
2. 購買本書日期是？＿＿＿＿＿年＿＿＿＿＿月＿＿＿＿＿日
3. 您從哪裡得到這本書的相關訊息？□報紙廣告　□雜誌　□電視　□廣播　□親朋好友告知
   □逛書店看到　□別人送的　□網路上看到
4. 什麼原因讓你購買本書？□對主題感興趣　□被書名吸引才買的　□封面吸引人
   □內容好，想買回去試試看　□其他：＿＿＿＿＿＿＿＿＿＿＿＿＿（請寫原因）
5. 看過書以後，您覺得本書的內容：□很好　□普通　□差強人意　□應再加強　□不夠充實
   □很差　□令人失望
6. 對這本書的整體包裝設計，您覺得：□都很好　□封面吸引人，但內頁編排有待加強
   □封面不夠吸引人，內頁編排很棒　□封面和內頁編排都有待加強　□封面和內頁編排都很差

寫下您對本書及出版社的建議：

1. 您最喜歡本書的特點：□圖片精美　□實用簡單　□包裝設計　□內容充實
2. 您最喜歡本書中的哪一個單元？原因是？
   ＿＿＿＿＿＿＿＿＿＿＿＿＿＿＿＿＿＿＿＿＿＿＿＿＿＿＿＿＿＿＿＿＿
   ＿＿＿＿＿＿＿＿＿＿＿＿＿＿＿＿＿＿＿＿＿＿＿＿＿＿＿＿＿＿＿＿＿
3. 您對書中所傳達的學習方法，有沒有不清楚的地方？
   ＿＿＿＿＿＿＿＿＿＿＿＿＿＿＿＿＿＿＿＿＿＿＿＿＿＿＿＿＿＿＿＿＿
   ＿＿＿＿＿＿＿＿＿＿＿＿＿＿＿＿＿＿＿＿＿＿＿＿＿＿＿＿＿＿＿＿＿
4. 未來，您還希望我們出版什麼方向的工具類／語言學習類書籍？
   ＿＿＿＿＿＿＿＿＿＿＿＿＿＿＿＿＿＿＿＿＿＿＿＿＿＿＿＿＿＿＿＿＿
   ＿＿＿＿＿＿＿＿＿＿＿＿＿＿＿＿＿＿＿＿＿＿＿＿＿＿＿＿＿＿＿＿＿